ぼくは本当にいるのさ

少年アヤ

河出書房新社

ぼくは本当にいるのさ　目次

装幀　鈴木千佳子

親友へ　あなたは最高

ぼくは本当にいるのさ

1 透明人間、あらわるあらわる

ぼくは透明人間がきらいだ。

つねにあやふやで、不確かで、クラゲみたいに透き通っているから。

やつらの祖先は、だれにも、自分にさえも見ることのできない肉体になんとか形を与えようとして、包帯なんて巻いたらしい。ぐるぐると、ばかみたいに、真剣に。

輪郭《りんかく》を手に入れた透明人間は、なにかになれただろうか。そうまでして、なりたかったものになれただろうか。

意地の悪いぼくは、所詮きみはただの透明人間から、包帯を巻いた透明人間になっただけだよ、と言ってやりたくなる。わざわざタイムマシンに乗ってでも言いにいきたい。それでやつが泣いたって、その涙は見えないのだ。だからぼくの胸は痛まない。ちっとも痛んだりしない。

たぶん。

かつて人が透明になるには、とくべつな薬が必要だった。もちろん、そんな薬はどこにも売っていないから、いちから自分で作らなくてはならず、大変な苦労をしたらしい。

しかしこのごろのやつらは、もっと簡単な方法で透明になろうとする。

捨てるのだ。心臓も、脳みそも、たましいも、こころさえもすべて。

実に短絡的だけれど、簡単に説明すればこうだ。

・捨てる↓　かるくなる↓　うすくなる↓　みえなくなる＝透明になる

彼らのことを、仮に空洞型透明人間と名付けよう。

空洞型透明人間たちは、一見するとなんの特徴もない。けれど、よく見ると目がどこも見ていないし、放たれる言葉のすべてがぼおっとしている。全体的にたよりない印象であることがほとんどだ。それでいて、透明感のようなものとはほど遠く、なにもかもにこびりついてしまう煤煙《ばいえん》のような不快さが残る。

たとえば、友人とランチをするとしよう。

1
透明人間、あらわるあらわる

友人「お待たせ。なに食べたい？」
空洞「なんでもいいよ」
友人「じゃあ、近いしつるとんたんにしない？」
空洞「いいね。ぼくつるとんたん大好き」

そうしてふたりはつるとんたんに入る。店内はそこそこ混みあっている。透明人間は席に座るでもなく、通路に立ったままぼんやりしている。なにかが引っかかっているのだ。友人が早く座ろうよ、と懇願《こんがん》するような目で見ている。背後の店員は、お冷《ひや》のコップを持ったまま「無」の顔で佇んでいる。
　やっとの思いで着席してからも長い。

友人「ちょっと高いけど、私はこのセットにする。あなたは？」
空洞「う～ん、メニューの見方がわからない……」
友人「え、来たことあるんじゃなかったの？」
空洞「うーーん……」

透明人間は首をかしげながら、いつまでもメニューを見ている。どれも美味しそうだ。なのに頭に入ってこない。まだなにかが引っかかっているのだ。そのうち友人にせっつかれる。

友人「ねえ、まだ決まらないの？」
空洞「うーん……」

すると透明人間は、ふと思い出したように言う。

空洞「ほんとはピザがたべたかったんだ」

この場合、空洞型透明人間である彼が、ほんとうにピザを食べたかったどうかは定かではないし、過去につるとんたんに来たことがあるかどうかについては、考えてみるのもばからしい。

友人は、「私がつるとんたんなんて言ったばかりに、さっきからぼんやりしてたんだわ」「じゃあ最初に言えばよかったのに」「これじゃあ私が悪者じゃない」とイライラしながら、うどんをズポズポすするはめになる。ズポズポは怒りの音だ。その隣で、透明人間はのんきにカツ丼なんて食べている。つるとんたんだってのに。

こんなやつとは絶対に関わりたくないというみなさんは、目に注目すればいい。注意深く見ると、両目に一文字ずつ「空」「洞」って書いてあるから。

やつらの大半は、あやふやな自分を恥じている。だから他者というものが総じてこわい。できることなら、だれにも関わらずにいたい。

特に目をじっと見て、人の値打ちをはかるタイプの人間(ぼくはカラス人間と呼んでいる)に出くわすと、いてもたってもいられなくなる。汗もたくさんかく。「ばれちゃう」と思うからだ。

その結果、必要以上に言葉を発するはめになる。あたかも、自分の中身がぎちぎちのパンパンで、すこしの隙間さえもないんだといわんばかりに。

けれど、透明人間に言葉はない。あるわけがないのだ。だって中身が空っぽなんだから。

機関銃のように話し終えてぜいぜい息を切らしている透明人間を、その目に浮かんだ

「空」と「洞」の字を、カラス人間はじっと見据える。そして「ふうーーーん」とか言う。とても意味ありげに。つよく。

もうおしまいだ。

ぜつぼうだ。


透明人間は空っぽだ。

なのに傷つくことだけは、人並み以上にできる。

そうして数少ない友人に泣きついて、せっかく会ってくれることになったというのに、つるとんたんに行く流れになり、うっかりピザのことを口にしてしまうってわけだ。そうして人も傷つける。

彼らの目的は、生きることでもしぬことでもない。ほんとの透明になって、この世界から消えてしまうことだ。

だって、こんなにも空っぽで、いてもいなくても変わらないどころか、いないほうがやや良いというくらいの自分が、これから何十年も生きていくなんて、考えただけでめまいがする。それに、一度透明になることを望んでしまったら、もう二度とふつうの人間には戻れない。わからないけど、たぶんそう。

1
透明人間、あらわるあらわる

生きていくのはおっくうだ。けど、しぬのはこわい、痛そうだからこわい。このまま透明になって、きれいさっぱり消えたい。身体だけじゃなく、空っぽなりに生きてきた痕跡も、関わらせてしまった人々の記憶もすべて。

それは地球のために、世界のために、やさしい友人のために、カラス人間のために、つるとんたんのために。

そう、透明人間はぼくだ。

ぼくの話なんだ。


「どうしてなにもかもを捨てようなんて思ったの？」

そう聞かれると（聞かれたことないけど）、ぼくは（あるいはぼくらは）ひどい断絶を感じてますます消えたくなる。あえて説明するとしたら、「だって空っぽになれば、痛まないで生きていけるじゃないか」ってことだ。

じゃあ、その痛みってなんですかと聞かれたら、もはや答えようがない。だって、あれを捨ててしまったのは、もうずっとまえのことだし、そもそも忘れてしまうために捨てたのだから。いまにして思えばたいした痛みではなかった気もするけれど、きっとぼくにとっては一大事だったんだろう。そのリアクションとして、脳が空っぽになることを選んだってだけのことだ。

それでもたまに、空っぽになった胸のはしっこがうずくことがある。捨て去った痛みが亡霊となって、ふたたびぼくのなかへ潜り込もうとしているみたいに。しかし、感覚さえも捨てたぼくは、それを正確に感知することはできない。やがて痛みのやつは諦めて、ぼくの胸から出ていく。何度も何度も、かなしげにこちらを振り返りながら。

こういう生き方を後悔しているかと聞かれたら、わからない。だけど、もういちど人生をやり直せたとしても、また同じような痛みにつまずいて、透明になることを望んだ気がする。この手のぼくの直感は、空っぽになってもまだ鋭い。

しかしなかには、透明になるという選択を、ひどく悔やんでいるやつもいる。


「おれね、ちょっと変わってるんだ」

一昨年の夏に遭遇した男は、新宿のバーで顔を合わせるなりそう言った。目の力が強い、強すぎるといっていいほどの男だった。

「へえ、どんなふうに?」

ぼくがたずねると、男はうんと気取った調子で答えた。

「じつはおれ、元皇族家の生まれでさ」

男は、ギラギラした白いドラゴンが描いてあるタンクトップと、薄汚れた七分丈のズボン、履き潰されたコンバースのスニーカーというでたちだった。背は低く、髪は長くてごわごわしている。

「へえ、すごいや」

ぼくが感心して言うと、男はいびつにひしゃげたアルミ缶みたいな笑顔をうかべながら、「いや、ぜんぜんすごくなんかないって。皇族なんて、めんどうな規則ばっかだし。つい最近になるまでおれ、コンビニがなにかも知らなかったもん」

そのとき、ぼくは持ち込み可能のバーで、まさにコンビニのおにぎりにかぶりつこうとしているところだった。

「そんな人生、想像もつかないよ」

「退屈なもんさ。でもさあ、おれって所作がうつくしいってよく言われるんだよね。そこだけはまあ、家柄ってもんに感謝してもいいかな」

彼は誇らしげな表情を浮かべながら、誰かが持ってきた餃子を手づかみで頬張ると、油のついた指をちゅーちゅー吸った。記憶が正しければ、それは多忙なマスターのために、常連さんが持ってきたものだった。

ぼくは困惑しながら、（かわいそうに、きっと皇族なんて人たちは、餃子も気軽には食べられないんだろうな……）と思った。

（次に会うときは冷凍のたこ焼きとか、変わり種のおにぎりをたらふく食わせてやろう……）


しかし、ふたたびバーで彼に遭遇したとき、彼は元皇族から、京都にある和菓子の名家生まれになっていた。そのうえ、普段は大学の教授だという話だったのが、たいへんな資産家で、お台場の土地を巡ってディズニーと戦っているという。

けれど、服装は変わらずドラゴンのタンクトップのままだったし、ものを手で食べるのも、そのあとのちゅーちゅーも変わらなかった。いったいどういうことだろう。

それからしばらくして、ぱたりと彼を見かけなくなったころ、彼がひどい大ボラ吹きとしてバーの界隈では有名な人物だったことを知った。

「口を開くたびに嘘がでてくるのよ。まったく、見ているほうがハラハラしちゃう」

そのときたまたまバーにいたみんなの証言をくっつけると、彼は元皇族家の生まれだったが、両親の離婚によって京都の和菓子屋、もしくは呉服屋の名家に移り、宝くじに当選。億万長者になり、暇つぶしでIT社長になりつつ大学教授もこなし、たまに外資系企業とNHKで働きながら、お台場の土地を巡ってディズニーと戦っているらしい。

「もし全部ほんとうなら、ルフィよりすごい人生じゃない？」

1
透明人間、あらわるあらわる

漫画好きの友人が、呆れたようにそう言った。たしかにそうかもしんない。

「最後に見かけたのは、半年前にたまたま見に行った舞台のロビーだったんだけどね」

べつの友人がそう切り出すと、その場にいた全員がごくりとつばを飲んだ。ぼくも一応飲んでおいた。

「やっぱりいつものタンクトップ姿で、見たこともないくらい気の抜けた顔で、天井のシャンデリアを見てたの。その目がね、なんともいえない、こうぼやっとした感じで、まるで脱ぎ捨てられた着ぐるみみたいだったのよ」

「やだー、こわい！」

みんなはそう言って笑ったけれど、ぼくはある確信につつまれて、とてもじゃないけど笑っていられなかった。

透明人間だ。あいつは透明人間だったのだ。

いつも血走っていて、笑っていても怒っているみたいだったあいつの目。ひょっとすると、すこしでも気をぬくとたちまち目玉が回転して、例の「空」「洞」がでてきてしまうんじゃないか。そうならないように、必死でふんばっていたんじゃないか。

だとすると、数々の虚言（みたいなもの）は、空っぽになってしまった脳みそを、捨ててしまった記憶を、虚無からたぐりよせようとしていたってことなのかもしれない。

そしてそれを、透明になって消えてしまうまえに、どこかに焼き付けておきたかったのかもしれない。

つまり彼の話したエピソードは、すべてこう翻訳することができる。

「おれにも人生がありました」

結局彼については、「頭がおかしかった」という結論がついて、それきりだれも話題にしなくなった。

しかしぼくは、おんおんとむせび泣く彼の姿を、いまだに夢に見てしまう。

「おれにも人生があったんだ。あったんだよう」


このあいだテレビで、双子みたいなアイドル歌手が、たまたま透明人間のうたを歌っているのを見た。ぼくが生まれるずっと前、一九七八年のうただった。

「透明人間　あらわる・あらわる」

そのうたのなかで、透明人間はぼくたちのまえに姿を現わし、ひっそりと独白する。

天下無敵のチャンピオンが突然ダウンを食らったのも、スプーンが自在に曲がったりねじれたりするのも、ポルターガイストをはじめとする怪奇現象も、すべては自分の仕業《しわざ》なのだと。

「人間たちはなにもしらないで、悲劇とか神秘とか騒いでいるんだよ。まったく、なんて愚かなんだろうね」

すっかりいろいろを話し終えた透明人間は、これ以上ないというくらい軽快なリズムに乗って、ふたたびぼくらの前から姿を消す。まるで煙のように。そしてたのしげに。

「消えますよ・消えますよ・消えます・消えます・消えます」

そのうたを聴いたとき、ぼくはへんなうただなあ、としか思わなかった。なのに涙がでた。すごくすごくでた。

もしかすると、消えていく透明人間がうらやましかっただけかもしれないし、あるいは別の何かに、胸を動かされていたのかもしれない。わからない。

とにかく、ぼくは透明人間がきらいだ。

つまり自分なんてきらいなんだ。

2 どうにも透きとおれない日々

自分がきらいと言ったって、しぬのがこわいうちは、とりあえず生きていかないわけにはいかない。

ぼくは毎日九時きっかりにセットしたアラームで目を覚まして、「まだ透明じゃない」とがっかりしながら起きあがり、シャワーを浴びる。

シャワーを浴びているあいだも、「まだ身体がある」とがっかりし、支度を終えて駅へと歩いている最中にもがっかりしつづける。「頭がある」「目玉がある」「こころもちょっとある」

駅に着くと、そこから一時間ほど地下鉄に乗ってバイト先に向かう。がらんとしたラッシュアワーすぎの電車に揺られながら、延々とつづく煤煙のようなグレーの地下道をながめていると、世界で自分ひとりだけが間違ったレールのうえにいて、どんどんわるい方向へ運ばれているみたいな気持ちになってくる。

そんなことないよ、なんてまさかだれも言ってはくれない。みんなもう、ただしい時間に、ただしい場所へ行ってしまったあとだから。


地下道を抜け、どろどろと流れる不気味な川を越えると、すぐにバイト先のある街にたどり着く。ちいさなデパートと、それ以外には薬局とマクドナルドくらいしかない、さびれた街だ。海が近いせいか、たまに風にべたつきを感じるけれど、それがなんだというのだろう。

目覚ましにマクドナルドのコーヒーを買い、殺風景な大通りを一五分ほど歩いていくと、おおきな都営団地があらわれる。団地の中央にはちょっとした広場があって、子どもたちは遊びまわり、老人は将棋を打ち、猫はしあわせそうに寝転んでいる。けれど、こういう場所で抱きがちな、なにかにつまはじきにされたような感情が芽生えないのは、この街がひどくさびれていて、なにもかもが淡く霞《かす》んでいるせいだろうか。

広場に面した棟の一階は、住人のためにつくられたちいさな商店街になっている。薄暗い廊下にてんてんとお店がならんでいて、時折広場であそんでいる子どもたちの声が、建物にこびりついたふるい記憶のようにひびいてくる。ほとんどシャッター街になりか

2
どうにも透きとおれない日々

けているけれど、いくつかのお店はしぶとく営業していて、夕どきには団地の老人たちの憩いの場になる。

バイト先の骨董品屋は、かつてクリーニング屋だったテナントと、果物屋だったテナントをぶちぬいて作られていて、店舗は基本的にはない。インターネットの通販か、あるいはもっと特殊なネットワークをつかってコレクターがやってきて、しずかに目当ての物を買って去っていく。

とにかくものが多い。あらゆるものがある。日本画に、教科書に載っているような美術品、現代美術、古書、巻物、ブリキのおもちゃに、ポケモンカード。

それらがうずたかく積み上げられた空間のちょうど真ん中に、いくつか机がならんでいて、事務所として使われている。ぼくたちアルバイトは、ここで一日じゅうインターネットでの注文を確認したり、商品を梱包したりするのだ。簡単そうだけれど、取り扱いのむずかしいものがあったり、外国からの注文があったりして、結構めんどくさい。たまにオーナーに連れられて、遠くまで買い付けの手伝いに駆り出されたりもするけれど、基本的には日が暮れるまでここで黙々と働く。

「おはようございます」

たてつけの悪いドアを開けて事務所に入っていくと、みんなが「おはよう」と返してくれる。その声を聞くとき、ぼくはいつもすこし泣きたくなる。まちがったレールの先に、果たしてこんなにやさしい声が、場所があるだろうか。

荷物をロッカーに置くと、新人のぼくはまずトイレの掃除からはじめる。といっても、たったひとつしかないトイレは、雑多な事務所のなかで唯一といっていいほどの清潔さを保っていて、あまり掃除する必要がない。たぶん、汚したらすぐに犯人がわかってしまうから、みんな異様に注意深く使っているのだと思う。ぼくもそう。

あっという間にトイレの掃除をおわらせると、こんどは床のモップがけをしなくてはいけない。よくわからないけれど、ここではモップを絞る作業がすごく人気だ。

「ゆうくん、今日は私にやらせて」

その日は木野さんがやってきて、ぼくの代わりにモップを絞った。絞り機のなかで、くらげみたいにふくらんだモップが、ぐるぐる回りながらあっという間にちぢこまっていく。

「あはは！」

小柄な木野さんは悪魔みたいに笑いながら、なんどもモップを濡らしては絞った。見ていると、あまりにたのしそうで、ぼくもやってみたいなあとか思いはじめる。

しかし彼女は、まるで見透かしたようなタイミングでピシャリと言う。

「はい、ちゃちゃっと拭いちゃって」

こうやってぼくは、いつも踏むやつをやらせてもらえない。

モップがけがおわったころ、遅れてやってきたオーナーが、スタッフを集めて簡単な朝礼をする。

「おはよう。みんな、今日も一日がんばろう」

そこまで言うと、甘ったるいあくびをして、頭をぽりぽりと掻いた。ひどい寝癖が、よく育った豆苗みたいにそそりたっている。

「さて、今日は中央区銀座で買い取り一件、そのあと世田谷区下北沢で買い取り一件です。うーんと、今日はうしおに付いてきてもらおうか」

「は、はい」

うしおくんは、ぼくと同い年、二六歳の男の子だ。もともとはそれなりにおおきな広告代理店で働いていたのだけれど、美術品への愛を捨てきれず、一昨年になって時給たった九五〇円のこの骨董品屋にやってきたという。びんぼうぐらしのせいか毎日同じ服を着ていて、髪はぼさぼさ、身体はポッキーみたく細い。けれど、いつもどことなく品が良い。

「では、準備をしてまいります」

うしおくんはそう言うと、機関銃のような速さで事務所を飛び出していった。ボロボロの、ちょっと汗くさいジャージに着替えるために。

オーナーとうしおくんがワゴンで出かけていく音を聞きながら、ぼくたちスタッフはまず、夜のあいだに来た注文をチェックする。

「ひい、三〇件もあるよ！」

ほとんど事務所のリーダーになっている榎本さんが、画面を見て悲鳴をあげた。

「えーー」

みんなも悲鳴をあげる。どこかうれしそうに。ぼくはなんとなく悲鳴をあげそこねて、すこし遅れてからぼそっと言う。

「わあー」

榎本さんは、「よし！」と気合を入れると、二〇件をてきぱきとみんなに振り分けていった。

「ゆうくん、今日おおきいやつやってもらっていい？」

おおきいやつというのは、巨大なオブジェとか、長い巻物とか、そういうたぐいのものだ。やっかいで壊れやすいものが多いので、新人はあまりやらせてもらえない。

「了解です」

そう答えると、榎本さんは商品の番号をさらさらとポストイットに書きなぐり、ぼくの腕に次々と貼っていった。これから倉庫に行って、番号どおりの商品を取ってこいってわけだ。

裏口から外へ出て、どくだみの茂った団地の裏の小径を歩いていくと、すぐに倉庫にぶつかる。倉庫のうしろには公園の杉の林が広がっていて、夏は蟬たちが大合唱をするそうだ。けれどふしぎなことに、その姿はどこにも見えないらしい。ソースはオーナーと団地の子どもたち。

鍵をあけてなかに入ると、ぼくはひんやりしたドアにもたれかかって、広い倉庫を見渡した。

薄暗い倉庫では、いちど役目を終えたものたちが、ただしずかにあたらしい生のはじまりを待っている。もちろん買い手のつかないものもあるけれど、ほとんどはしかるべきときに、しかるべき人のもとへ旅立っていける。

ここは世界一可能性にみちた墓場、あるいは天国そのものだ。

おおきな美術品が並んでいるのは、倉庫のいちばん奥と決まっている。そこにたどり着くまでに、壊れやすかったり、触ってはいけないもの（オーナーの宝物）がたくさん転がっているので、いちいち神経をつかわなければならない。

この日一番運ぶのが大変だったのは、中国美術のおおきな花瓶。形がつるりとしていて、不慣れなぼくが素手で運ぶのは明らかに危険だった。それで、梱包材ですべりにくくしてから運び出すことにしたのだけれど、今度は通路が狭すぎてうまくいかない。

ぼくはだんだんと苛立って、いっそ帰ってしまいたいような気分になる。けれど、花瓶のほうは出口が近づくにつれ、ようやく出番のまわってきたプリマドンナみたいな顔になっていく。

ひかりがあたる
ひかりがあたる
わたしにまた　ひかりがあたる

どうでもいいけど、こんなに大仰な花瓶と対等に渡り合える花たちって、なんてすごい存在だろう。

ひととおりものを運び終えたあと、榎本さんの指示でアンティークのアクセサリー類を整理していると、引き出しにしまわれてあったはずの手鏡が床に落ちて割れているのに気がついた。

フランスではわりとクラシックなデザインだという、長い髪をした女の人のレリーフに縁取られた、真鍮の手鏡。ずっしりしていて、持ちごたえがある。

ぼくは作業を中断して、ガラスの破片をホウキではき、飛び散らないよう新聞紙にまとめてから、倉庫の裏にある廃棄用のダンボールに捨てにいった。

ものたちのなかには、こうして保管しているあいだに壊れてしまったり、劣化しすぎてしまうものもあって、よっぽど貴重でないかぎり、それぞれの判断で廃棄していいことになっている。倉庫の収納にも限界があるし、毎日とんでもない量の買い付けがあるからだ。

いきいきしていた花瓶とちがって、破棄されるものたちに表情はない。かなしみもくるしみもない。とてもシンプルに、運命というものを受け入れている。

ダンボールのなかには、さらになにもない。しずけさしかない。

これがしぬ、ということだろうか。

お昼になるとタイムカードを切って、三〇分だけ休憩をとることができた。みんなすこしでも多く稼ぎたいので、ものの五分とかで菓子パンをぎゅっと口に詰め込んでおわらせてしまう。ぼくは急いでものを食べるとすぐにお腹をこわすので、できるだけ時間をかけて食べることにしている。トイレを汚すわけにはいかないからだ。

団地のあいだの広場に出ると、ちいさなひだまりのなかで、三歳くらいの子どもとその母親が、ベンチでお弁当を食べていた。とてもしあわせそうに。

ぼくは寒々しいブルーの日陰から、この世の聖域のような景色をながめながら、買っておいたコンビニのおにぎりを黙々と頬張る。ただつめたいというだけの風が、首筋をからかうみたいになでていく。

あっという間におにぎりを食べたあとは、商店街の酒屋でシンハービールを買ってこっそり飲んだ。

春のはじまりの、無限に広がっていくような青空に、淡白なシンハービールはとても合う。瓶の底から込みあげてくるしゅわしゅわが、そのままぼくを空にまで押し上げていくみたい。

ビールを半分ほど飲み干すと、ぼくはポケットのなかに手を突っ込んで、廃棄用のダンボールから思わず拾ってしまったモール製のクマの人形を取り出した。背中に糊《のり》のあとがあるので、たぶんなにかのパーツだったものだろう。クマはぎょっとした顔のまま、右の目玉でこちらを、左の目玉はだれもいなくなったとなりのベンチを見ている。

「おまえ、うちに来るかい」

もちろん返事はない。

「へんなの」

ふたたびポケットにクマを押し込んで、残っていたシンハービールを一気に飲み干すと、おおきなゲップが喉の奥から浮き上がってきた。

ゲップっていい。いかにも空っぽの身体から、もうこんな音しかでませんって感じで響いてくるから。

「あとすこしだ。あとすこしで透明になれる」

たっぷり自分を鼓舞してから、事務所に戻った。

そして長い長い、午後の仕事にとりかかる。

3 きみのうつくしさには傷つくよ

日が傾くと、倉庫のなかは重いまぶたが降りてくるみたいに暗さを増していく。それは決していやな暗さじゃない。ものたちがしずかな吐息をぼくに向かって放っていて、そのまんなかでじんわりと眠りに落ちるような、安らぎにみちた暗さだ。

ぼくはアールデコふうのインチキなランプをひとつだけつけて、いまやらなくたっていいような作業をのろのろとこなしながら、あたりがすっかり闇に落ちてしまうのを待っている。

しかしある瞬間、シャッターの向こうから無神経なクラクションが響いてきて、すべてがぶち壊しになる。オーナーとうしおくんが買い付けから戻ってきたのだ。

ランプを消し、しぶしぶ壁に備えつけられたボタンを押すと、シャッターは外の世界を威嚇するような音をたてながらゆっくりと開いていった。まぶしすぎる夕日のオレンジが、正義の光線みたいにまっすぐ入り込んでくる。

「ただいまー」

オーナーはにこやかに車から降りてきた。一日中オーナーの手伝いをしていたうしおくんは乾いたピクルスみたくヘロヘロになっていて、助手席から降りてくるなり「ちょ、ちょっとパワーを」と言って、炭酸の抜けきっていそうなコーラを飲み干した。そしてすっかりペットボトルが空になると、細い身体をぐにゃりと折りたたむようにしてその場にしゃがみ込んでしまった。

「うしおくん、お疲れ様。荷下ろしはオーナーとぼくでやるからさ」

そう声をかけると、うしおくんは「い、いや、やります」と立ち上がろうとする。だけど、糸の切れたマリオネットみたいに動けない。一日中オーナーに付きあっていたら当然だ。

「くそう」

うしおくんはくやしそうに膝を叩いた。

こういった彼の姿を目の当たりにするたびに、ぼくは自分のなかにほんのすこし残っている真心とか、うつくしさなんてものは、ちっともいいものじゃないんだってかなしくなる。つぎに、憎らしくなる。うしおくんをはじめとする、世界じゅうのきれいなものにたいして。そうなると、ぼくのいびつさは透明人間ではおさまらない。魔王だ。

ワゴンのバックドアを開けると、おおきめのダンボールで四箱、コンテナで五箱ぶんもの本やガラクタが詰まっていた。

「すごいだろ。実はもう一件買い付けあるんだぜ、今日！」

オーナーは興奮しきった様子でそう言いながら、さっさと荷物を降ろしはじめた。

ぼくは事務所で暇をしていた木野さんとふたりで、オーナーが降ろした荷物をどんどん倉庫に運んでいった。木野さんは長いことここで働いているせいか、どんなに重たいものを運んでもピンピンしている。なにかコツがあるらしいけれど、身体で覚えていくしかないらしい。

ぼくは透明になるために、筋肉なんかも捨ててしまったので（もともとなかった気もするけど）、こういうときまるで使い物にならない。一度なんて、本の詰まったコンテナを運んでいる途中、腕がひきちぎれそうになって、びっくりして落としてしまった。

重いコンテナを抱えて、まぶしい夕日と倉庫のあいだを延々往復していると、ふっと現実感が消える瞬間がある。思いきって腕の力を抜いたら、そのますーっといなくなれるんじゃないかというくらい。

けど決してそうしないのは、貴重な商品を二度と落とすわけにはいかないからで、オーナーや木野さんに嫌われたくないからで、つまり結局のところ、まだ世界にしがみついているってことだ。そう思った途端、コンテナのふちを持つ手が中途半端な今の自分を象徴しているようでつらくなる。自分はなんてどこにも行けなくて、みっともなくて、たよりないんだろう。

「口が開いてるよ！」

木野さんに叱られた。


荷物をすべて降ろし終えると、オーナーは「じゃあな」と言って、早速次の買い付けに出かけていった。「つつ、付いていきます」と子犬みたいにすがりつくうしおくんを置きざりにして。今日のぼくは魔王だから、やっぱりざまあみろ、なんて思ってしまう。

残されたぼくたちスタッフは、次の買い付け品がきてしまうまえに、大量の商品を手早く分類していく。ざっと見ると、この日買い付けたものは美術書とおもちゃがほとんどだった。古書はダンボールから出し、見やすいように背表紙を表に揃えて並べてしまうと、あとは美術担当の榎本さんと、古書担当のみずなくんに任せる。軽く三〇〇冊はあっただろうか。ふたりは本の山を見て、クリスマスの子どもみたいな悲鳴をあげていた。

スタッフはみんなそれぞれ得意とする分野があって、たとえば美術品だったり、レコードだったり、おもちゃだったりする。たいていは趣味から入っていて、膨大なコレクションが本になってしまった人もいるくらいだ。

ちなみに、うしおくんは美術、木野さんはおもちゃを担当していて、ほかのひとが必死に検索したって出てこないようなことも知っているから、いまのところグーグルよりすごいってことになる。

「おっ、ゆうくん、女の子ものも結構あるよ！」

木野さんが、おもちゃの詰まったダンボールをがさごそ掻き回しながらさけんだ。どきどきしながら覗き込むと、木野さんの好きなかいじゅうソフビや、なんとかレンジャーの武器のなかに、ぼくが担当させてもらっている女の子向けのおもちゃもまぎれこんでいる。

逆さまに突っ込まれていた人形をひとつ拾い上げてみると、ぼくの大好きなセーラームーンのお人形だった。シリーズ四作目のときに出た「キャラトーク」というおしゃべり機能のある人形で、お顔もいちばんかわいくできている。

結構遊び込まれていて、髪はぎしぎし、パンツ以外になにも身に纏っていない状態だった。けれど、髪をトリートメントして、すこしクリーニングしてやれば見違えるほどきれいになりそうだ。事務所のぼくの机には、この子が着るための洋服や小物が揃えてある。いろんなところにまぎれていたのを、ちょっとずつ集めておいてあるのだ。

「ゆうくん、セーラームーン持ってるときだけいきいきしてるね」

そう言われてはっとした。大好きなセーラームーンをまえに、ぼくは自分が透明人間だってことも忘れて、ついにこにこしてしまっていたのだ。なんてことでしょう。はしたない。

「セーラームーンなんて私、観たこともないよ」

木野さんは、そう言ってダンボールから得体のしれないかいじゅうのソフビを拾い上げた。

「ぼくも、かいじゅうなんて触ったことないです。去年しんだ祖父が一度買ってくれたけど、妹のほうがよろこんでたな」

「あはは、うちんちと一緒だ」

木野さんは笑いながら、得体のしれないかいじゅうの頭を撫《な》でた。途端に、かいじゅうが膝で甘える子猫みたいに見えてくるからふしぎだ。

「こいつの名前はドドンゴ。性別は不明。ちょっと変形しちゃってるけど、こんくらいならすぐに治せるな。どう、かっこいいでしょう」

焼き爛《ただ》れたような皮膚が、うなぎの蒲焼の皮の部分を連想させて、ちょっと吐き気がした。ぼくはうなぎがきらいなのだ。

なにも答えられずにいると、木野さんははじめからぼくの返事なんて望んでいなかったように微笑んで、べつの話をしはじめた。

「ほんとはね、取り出してながめたり、修理したりするより、ダンボールにぐちゃぐちゃの状態がいちばんときめくんだ」

木野さんの細い腕がゆっくりとダンボールのふちをなぞっている。

それならぼくにもわかる気がした。プレゼントだって、リボンをほどいてしまう前がいちばんわくわくするもの。

「わかります、たぶん」

「なによ、たぶんって」

「あの……わかるか、わからないか、あいまいってことです」

「なにそれ」

木野さんは、怪訝そうにぼくを見た。カラス人間の目だ。

ぼくは脇にじんわりと汗をかくのを感じながら、あわてて立ち上がった。

「あの、シャッター閉じてきます」

壁際のボタンを押すと、シャッターはにぶい音をたてて閉まっていった。夕日はすっかり落ちていて、空のうんと下のほうだけ、さけぶような残り火が燃えている。するとニ分の二ほどシャッターが閉まったところで、外でへたりこんでいたうしおくんがさけんだ。

「まって！」

うしおくんのさけび声を聞いたのなんてはじめてだった。びっくりしてボタンから手を離すと、うしおくんが閉じかかったシャッターの向こうからチョイチョイと手招きをしている。

倉庫にいたみんなで顔を見合わせて、降りかけたシャッターをくぐって外へ出ると、うしおくんはすこしはずかしそうに空を指差した。

「ま、まんげつ」

見ると空のちょうどまんなかに、白い月がくっきりと浮かんでいた。あまりにもくっきりと丸いので、それは月っていうより、紺色の銀河に開いた穴みたいだった。

そこからこぼれ落ちたひかりのしたで、薄いロングスカートをまとった風がしずかに踊り、杉の林を抜けて、倉庫のなかにも吹いていった。

ぼくは倉庫に戻り、ふたたびシャッターを全開にしてから、しばらく風のダンスに見入った。だれもそれを咎めなかったし、みんなも同じように月をながめていた。

七時になると、たとえきりが良くなくても作業をやめていいことになっている。ぼくはなんとなく流れで、うしおくんと牛丼を食べてから帰った。帰る方向がおなじなので、シフトがかぶった日はこういうことになってしまう。なんの味もしない牛丼だった。

電車は来たときと同じように、長いトンネルのなかを淡々と走っていた。ぼくたちはとくに会話もせず、ぼんやりと流れていく地下道の壁をただ見ていた。空には、きっとあのすばらしい満月が浮かんでいるはずなのに。

何駅か過ぎたところで、うしおくんが唐突に話しはじめた。

「きょ、今日はいい日だった。疲れたけど、じつにいい日だった」

「ふうん、どうして?」

「買い付け先が、おおきな大学だったんだ。だ、大学の研究室とかそういうところ、好きだから、ずっと見ていたら、いろいろ話を聞けたんだ」

「へえ、そうなんだ」

どんな? とは聞き返してあげなかった。うしおくんは食べ足りない赤ちゃんみたいに口をもごもごさせている。

「そういや、きみ、ずっとこのバイトつづけるのかい？」

「そんなのわかんないよ」

たしかにわからなかった。けれどなにより、ぼくはこれからの人生の話なんてしたくないのだ。ましてやうしおくんなんかとは。

「ぼくは続けるよ。び、びんぼうなりに今はしあわせなんだ。したいことをしているからね」

「じゃあ、おじいさんになっても時給九五〇円で働くの？」

ぼくはいやなことを、いやな声で言った。顔の皮膚のすみずみまで、邪悪に歪んでいるのがわかる。

「だ、だって、ぼくの持っている知識なんて、あそこぐらいでしか活《い》かせないもの。とても、狭いから」

うしおくんはかなしそうに言った。

「でも深いじゃないか」

ぼくはついフォローしてしまう。

「井戸みたいなものです。とても広い世界はまかなえない」

3

きみのうつくしさには傷つくよ

最寄駅に着いて電車を降りると、うしおくんが視界の隅でぼくに手を振ってくれていた。なのにぼくは、わざと手を振り返さなかった。そのくせ、地下鉄の真っ黒なトンネルに、うしおくんという存在のうつくしさが、純真さが、ものすごい速度で吸い込まれていくのはしっかりと見届けた。

おやすみ、うしおくん。とってもきれいなたましいめ。

駅前の交差点は、どこかへ帰ろうとする人で溢れていた。ある人はコンビニのコロッケをそそくさと貪りながら、ある人はひどく脱力しながら、一寸の迷いもなく歩いていく。

ぼくはなんとなく付いていけないような気持ちになって、立ち止まる。そんなぼくを器用に避けながら、やっぱり人々は、帰るべき場所に帰っていく。

アパートへと続く路地に背を向けて、駅前のおおきな坂をくだっていくと、ドブ川に沿ってたくさんの桜が咲いていた。どの桜も、狂ったように花びらを撒き散らしている。まるで消えよう、消えようと躍起になっているみたいに。

4 消えたくっても働くよ

真っ平らなハイウェイを、ワゴンは氷上をすべるソリのように流れていく。

前方に連なる山脈は、たくさんの虫や獣、うろんな意識を内包しながら、ふしぎな引力をもってそびえている。まるでとりもちだ。ぼくは、ワゴンがだんだんとそこに吸い込まれていくみたいな気がしてこわくなる。

サイドミラーには新宿のビル群がおさまっていた。見ていると、なんだか都市のすべてがちいさなスノーグローブの出来事に思えてくる。

あそこに、あんなところに、五万のアパートがある。ぼくの暮らしがある。そのことが、なんだかとてもしっくりくる。

自然はこわい。

オーナーの買い付けに同行するのは、いちばんいやな仕事だ。車酔いするし、筋肉痛になるし、緊張で下痢になったりもして、せっかく透明になろうとしている身体のいちいちを呼び起こされる。

「おい、腹の具合はどうだ」

そう聞かれると、今朝バスタブに捨ててきたはずのお腹が、待ってましたといわんばかりに活動をしはじめる。ぼくは「平気です」と答えながら、さりげなくパンツのゴムをずりあげて、ギュルギュル音を立てるお腹をあたためる。

ぼくはお腹が弱い。特に未来のことを考えると、たとえ五分後であってもお腹が痛くなる。だって、たった今をこうして生きているだけでもつらいのに、五分後なんて、まして明日や明後日のことなんて、ぜったいに考えたくない。

だから、昨日の夜電話で買い付けのことを聞いたときから、ぼくはずっと下痢をしていた。一晩じゅう、もうなにも出ないというくらい苦しんだのに、まだ痛みがおさまらない。

「あの、どうして今日はぼくなんですか。うしおくんがあんなに行きたがってたのに」

ガレージの前で「行ってらっしゃい」と手を振ったうしおくんの、ぬれぎぬで叱られた子どもみたいな目。

「なんとなくだよ。特に理由はない」
オーナーはおちょくるみたいな声色でそう答えて、のんきに鼻歌をうたいはじめた。スノーグローブの都市は、おおきなカーブに阻まれて、とうとう見えなくなってしまった。

4
消えたくっても働くよ

透明になろうと決めたとき、唯一困ったのが部屋を埋め尽くしたおもちゃたちのことだった。狭いワンルームだっていうのに、ちいさな頃から集めてきたセーラームーンやリカちゃんが溢れかえり、あちこちで雪崩《なだれ》を起こしかけていたのだ。

いったいどうして、そんなに集めてしまったのかはわからない。愛に理屈はないとか言うけれど、すきだから、欲しいからというだけの理由で、銀河にたったひとつしかない自分の部屋が混沌と化したりするだろうか。

もちろん、ぜんぶ放り出して消えたってよかった。実際、自分が消え去ったあとの世界のことなんて、ぼくはほとんどどうでもいいのだ。親も、周りの人たちも、担っている仕事もすべて。

それでも、やっぱり好きなものたちのことは気にしないわけにはいかなかった。こんな自分なりに、好きだから揃えたもの、手に取った瞬間に、ああきれいだと思った気持ちのかけらくらいは、どういう形であれ、この世界に残り続けてほしかった。たとえ次に手にした人が、そんなことお構いなしに遊んだとしてもだ。

そうしてぼくは、適当に検索してたどり着いた骨董品屋に、おもちゃをぜんぶ、いっさいがっさい売り払ってしまおうと決めたのだ。


冬のはじまりのある日、相談のためにおそるおそる骨董品屋へ出向いていくと、オーナーはエラの張った四角い顔をテカテカさせて、事務所にぼくを招き入れた。だぼっとしたトレーナーと、くたっとしたジーパンという、休日の大学生みたいな格好で。

「買い取りのご相談でしたよね。わざわざご足労いただいてすみません。どうぞそちらへ」

雑多な事務所の雰囲気に圧倒されながら、用意されていた丸いパイプ椅子に腰掛けると、その途端に上半身がグイーンとのけぞった。床の一部が陥没しているせいで、椅子が不安定になっていたのだ。おかげでぼくは椅子に腰掛けているあいだじゅう、プリマドンナみたいにふんばって、なんとか姿勢を保たなくてはいけなくなった。視界の隅では、榎本さんとみずなくんがふたりがかりで絵画の梱包をしている。

オーナーは向かい合って同じようなパイプ椅子に腰掛けると、いまにもひっくり返り

4
消えたくっても働くよ

そうになっているぼくのことも知らないで、早速本題に入った。

「さて、今回は具体的にどのようなものを売っていただけるんでしょう？」

いかにも商売人って感じの声にちょっとひるみながら、ぼくは足元に置いたリュックサックから、おもちゃをひとつ取り出した。スムーズに話を進めるために持ってきておいたのだ。

「あの、こういうおもちゃです」

リュックから取り出したのは、レディリンのオルゴール宝石箱だった。上品なピンク色をしていて、蓋の中央には赤い宝石と金色のレリーフがついている。

オーナーはにやにやしながら宝石箱を見て、ほお、と声を出したきり、顎に手を当てて押し黙った。それはぼくにとってとても緊張を強《し》いられる沈黙だった。榎本さんとみずなくんも作業を止めて、興味深そうにこちらを眺めている。

男のくせに、なんてことは子どものころから言われ慣れている。学生時代なんて、平穏にすごせた時間のほうがめずらしいくらいだし、おかげで父親との関係もギクシャクしている。

ぼくはまたか、とうんざりしながら、こころが傷つかないように、ぐっと奥歯を噛みしめた。

さあ、おかま野郎って言えよ。自分から言ってやったっていいんだぜ。

ところがオーナーの反応は、まったく予想に反していた。

「いやあ、とても満ち足りた顔をしている。これは愛されている、いや愛されきっているって顔だ」

そう言うと、黄色い歯をむき出しにして、まるで赤ちゃんにするみたいに、宝石箱に向かって微笑みかけた。ぼくはびっくりして、どういう反応をしたらいいかわからなかった。それどころか、ちょっと傷ついてさえいた。

「ちなみにこれ、中ってどうなってるんです?」

「こ、こうです」

慌てて宝石箱の蓋をあけると、重厚な赤いベルベットのうえに、ギンガムチェックのリボンのついたちいさなコンパクトが置かれている。こんなときだって気分が落ち着いてしまうくらいきれいな、とっておきの宝物だ。

「ほう、コンパクトですか」

「あの、なかに鍵が入っているんです」

オーナーがごつごつした手でそっとコンパクトの蓋を開くと、なかからルビーやダイヤを模したガラス玉のたくさん嵌め込まれた、黄金の鍵が現われた。

4
消えたくっても働くよ

「おお、とてもきれいだ。いつごろのものですか」

「八〇年代の終わりです。レディリンの、ひみつのかぎペンダントっていいます」

「すみません、きっと有名なものですよね。女の子向けのおもちゃって、なかなか知識がないものですから。いやあ、うつくしいですよ」

自分の好きなもののことを、そんなふうに言ってもらえたのははじめてだった。まして男の人から。

しかしぼくはよろこぶどころか、まったく経験したことのない会話やおだやかな雰囲気に面食らっていた。話を急いでしまったのも、そのせいだったと思う。

「あの、こういうおもちゃが部屋じゅうにあって、ぜんぶ買い取ってもらいたいんです。もちろんこの宝石箱も。値段が低くても構いません。商品名のわからないものはリストにします。とにかく部屋を空っぽにしたいんです」

急《せ》き立てるように言うと、オーナーは怪訝そうに首をかたむけた。事務所の空気がすこしピリッとする。まずい、とぼくは思った。

「それって、たとえば引越しかなにかですか？　もしくは、なにかのっぴきならない事情があって、コレクションをやめなくてはいけないとか？」

まさか、これから透明になるんです、なんて人様に言えるわけがない。完全に墓穴を掘ってしまっていた。

　膝に置いた宝石箱からは、ちぎれそうにか細いオルゴールの音色が、すこし遅れて流れはじめていた。オーナーは黙りこくっているぼくの返事を、目をまんまるにして待っていてくれたけれど、しばらくするとあきれたようにため息をついた。

「たまにいるんだ。お客さんみたいな理由でうちに来る人がね。すみませんが、今回は買い取りを遠慮させていただきますよ。おもちゃがかわいそうだ」

　たぶんオーナーは、ぼくを自殺志願者かなにかとかんちがいしたのだろう。けれど、訂正する気にはなれなかった。消えることと、しぬことのちがいなんて、他人からしたらきっとないに等しいのだから。

　オーナーは手に持っていた鍵を、とても丁寧にコンパクトにおさめると、同じように宝石箱のなかに戻していった。それを白昼夢のようにながめながら、ぼくもかつてはこういう手つきで、愛情を持って、鍵と宝石箱を大切にしてきたことを思い返していた。手に入れた日の記憶や値段、いつもチェストの一番良いところに置いてあって、目に入るたびにうれしかったことまでもが、つぎつぎと蘇《よみがえ》ってくる。蘇ってくるけれど、やっぱりぼくは透明になりたい。ならないわけにはいかない。それはもう、どうしようもないことなんだ。

4
消えたくっても働くよ

「ちなみにいま、なにかお仕事ってされてます?」

オーナーは唐突に言った。

もしかしたら、どこか然《しか》るべき施設に通報しようとしているのかもしれない。そうなったら最悪だ。家族に連絡がいってしまう。

けれどぼくは、正直に答えてみることにした。それがいちばんいいと思ったし、うそをつく気力もなかった。

「じきにやめようと思っています」

それを聞くと、オーナーはわざとらしいほどシリアスな口調で、とつとつと語りはじめた。

「実はうち、あまり女の子ものおもちゃって扱わないんです。けど、このところコレクターが増えているでしょう。当然問い合わせもあるわけです。実際、いつの間にか倉庫のなかにも集まってきているんですよ。しかし僕を含め、スタッフのだれにも知識がない。とても困っていたところだったんです」

オーナーはそこまで言い終えると、我慢しきれないといったふうに、デスクで静観していた榎本さんとみずなくんに向かってアイコンタクトを送った。ふたりは笑顔を返している。

混乱しているぼくに、オーナーは満面の笑みで言った。

「よければ、うちで働いてみませんか。きみの知識が必要なんだ」

あまりにも驚いて、たいせつな宝石箱を床に落としそうになった。

しかしもっとも驚いたのは、とっさに自分の口から出た答えだったかもしれない。

「はい。ぜひ働かせてください」


四時間ほどハイウェイを走ると、山梨にたどり着いた。急に景色が開けたとき、一面に広がる街の景色があまりにのびのびしていて、おおきな山のあいだを縫うように走っているあいだ、ずいぶんと卑屈な気分にさせられていたことに気がついた。

オーナーとぼくは萎縮しきった身体を伸ばすように、適当な食堂で適当な味のほうとう焼きおにぎりを食べてから、買い付け先の民家に向かった。

そのちいさな街は、延々と連なる葡萄《ぶどう》畑と、ボロボロの中華料理屋がやたらとあって、東京では散りはじめている桜もまだ八分咲きだった。そう遠くない場所なのに、ぜんぜん知らない場所に来てしまったようで、すこしこころがつめたくなる。

買い付け先の民家はそれなりに立派なお屋敷だった。平屋で、広々した庭の隅にはいかにもお宝が眠っていそうな蔵がひとつそびえている。

電話をくれたのは、三〇代半ばくらいの女の人だった。それGAPで買ったでしょ、と言いたくなるような派手な、しかし上品な薄手のニットを着ていて、傍にはおそろいのニットを着た四歳くらいの女の子が立っている。まんまるな顔で、むすっとしていて、ぼくを見るなりイーーッと言って家のなかに引っ込んでしまった。ぼくは子どもに嫌われやすい。

「わざわざ遠くまですみません。ものは蔵にあるんですけど」

案内されて蔵に入っていくと、まず手前に漬物や梅干しの入っていそうなおおきな壺が並んでいて、すっぱいような甘いような匂いを放っていた。奥はほとんど物置と化していて、スコップやら鯉のぼりの絵の描かれたダンボールやらが乱雑に積み上げられている。

査定《さてい》を依頼されたものたちは、おおきな三つのつづらにまとめられていた。申し訳程度に表面を雑巾《ぞうきん》でぬぐってあるけれど、かなり埃をかぶっている。どう見ても、このなかにリカちゃんやセーラームーンなんて入っていそうにない。

「曽祖父の残したものなんですけど、私たち家族は全然価値とかわからないので、ここにしまっておくのもなんだよねって話になって……。すこしでも価値のあるものがあったらなんでも買い取ってください。私は家のほうにおりますので、あの、終わったらぜひお茶でも」

女の人はそう言うと、さっさと家のほうに去って行ってしまった。オーナーは早速ズボンのポケットに挟んであった軍手をはめて、つぎつぎとつづらを開けていった。狼って、こんなふうに赤ずきんちゃんを食べたんだろうなっていうような勢いで。

「おお、戦時品がかなりあるぞ。この紙の束なんて、帰還者への書類じゃないか。おお、日誌らしきものもある、なんてこった」

「それって貴重なんですか」

ぼくはばかなことを聞いた。

「こっちには中国陶器が入ってる。おお、箱に李香蘭《りこうらん》の写真が貼ってあるぞ」

ぼくは興奮しきったオーナーの言うことに、へえ、とかはあ、とか相槌《あいづち》を打ちながら、取り出したものを丁寧に床に並べていった。ちらっと日誌を見てみるとあまりに淡々とした文字で戦争のことが書いてあって、なんともいえない気持ちになる。黄ばんだページからは、濡れた土のような匂いがした。

作業をはじめて三〇分ほど経ったころ、せっせと軽い拭き掃除に没頭していると、急に背後から甲高い声が響いてきた。

「あのさあーーーなにしてるのーーー」

振り返ると、開け放った入り口の横にちいさな影が立っていて、心配そうにぼくたちのほうを見ている。さっきの女の子だ。こういうジメジメした空間にまっすぐな子どもの声って、お天道様みたいにあかるく感じる。

「ママたちのいらないものをねー、かわいそうだからもらっていくのさー」

オーナーが返事をすると、女の子は間髪入れずにさけんだ。

「あのさーーーおひなさまはやめてねーーー」

オーナーはびっくりした顔でぼくを見ると、クスクス笑いながら答えた。

「ああ、わかったよーーー」

女の子は、たいせつな話をしているのに笑うなんて、といった表情を浮かべて、タッタとお屋敷のほうへ走り去っていった。たぶん、大人たちが自分に対してそういう態度をとることが、心底いまいましくて、自分がかわいいということにすら、ほとほと嫌気がさしているんじゃないか。

オーナーは愛《いと》おしそうにおひなさま、おひなさまとブツブツ言いながら、さっきよりほんのすこし落ち着いた手つきで、つづらの中身を開けていった。まるで繊細な生地のワンピースを、じっくり脱がせていくみたいに。

ぼくはそれがなんかいやだった。

5

透明人間とおままごと

二時間ほどかけてつづらの中身を査定しおえると、外はすっかり黄昏《たそがれ》どきになっていた。蔵のなかにいるあいだ、梁からぶら下がった、ほとんど裸電球といっていいライトのうそっぽい光のしたにいたぼくは、ぞっとするような夕焼けの色に思わず息を飲んだ。まるで宇宙船から出てきて、いきなり終わりゆく地球をながめているみたいな。

山の向こうへ落ちていく夕日が、振り絞るような光を街に投げていることも、そのしたで人々がせっせと夜を越える支度をしていることも、すべてがとおく、他人事に感じられる。

ぼくも星に帰らなくてはならない。

「遅くなってすみません、査定が終わりましたので、ぜひ蔵のほうへ」

玄関のチャイムを押しても反応がなかったので、開け放たれた縁側からさけぶと、さっきの女の人とは雰囲気のちがう、でも顔のそっくりな女の人がパタパタとスリッパを鳴らして出てきた。そのうしろには、ちびのシーズー犬がぴたりとついている。

「ワン！」

「あらあら、娘はちょっと急用で出ちゃったので、私が見せてもらうんでもいいかしら？」

どうやら、さっきの女の人の母親らしかった。あまりおばあさんって感じがしないけれど、髪の巻き方が七〇年代で止まっている。

ぼくはこういうときのために、あらかじめ用意してあるテキストを頭のなかから引っ張りだした。

「売っていただけるものと、そうでないものの判断が、ご家族のみなさんで一致しているのであれば」

「ワン！」

「なら平気。だってあのつづら、みんな邪魔で邪魔で仕方ないんだもの。こないだなんて、うちの人が移動させようとして、ひざを悪くしちゃったのよ。まったくいまいましいったらありゃしない。じゃあ、玄関のほうから参りますわ」

5

透明人間とおままごと

そう言って、おばあさんはパタパタと廊下を走っていった。ちびのシーズー犬も、あずきが転がっていくような足音をたてながら、きちんとそのあとに付いていく。

ぼくも急いで玄関に回ろうとしてふと見ると、縁側のはしっこに、プラスチックでできたハンバーグとトマト、そして包丁がならべられているのに気がついた。木造りのふるいお屋敷と、ごうごうと燃えさかる夕日のなかで、そのいくつかの塊はとても異質なものに見える。思わず手にとってみると、やけにしっくりくる。

あたりまえだ。ぼくも子どものころ、おんなじやつで遊んでいたんだから。

三歳のころ、ぼくは毎日近所に住んでいたミカちゃんと一緒に、車庫の前のわずかな段差をお店やさんに見立てて、通りを行く人々にトマトを売っていたのだった。ハンバーグを売っていたのだった。りんごやメロン、桃にクロワッサンを売っていたのだった。思い返すと、あれはぼくの子ども時代において、あるいは人生において、ゆいいつ無邪気でいられた期間かもしれない。翌年にはもう、ぼくはだれにもハンバーグを売りつけなかったし、りんごだって渡さなかった。大人がいやな顔をするからだ。

さっきの女の子が遊んでいたんだろうか、とあたりを見渡すと、縁側をあがったところにある部屋の障子の向こうから、ぼくを睨《にら》みつけるちいさな目があった。

「勝手にさわってごめんね。ここでおままごとしてたの？」

ほんとは子どもなんて苦手なくせに、いかにもこなれた感じで声をかけると、女の子はしぶしぶといったふうに障子の影から出てきた。

「してた。いつもしてる」

「いいね。ぼくもおままごと大好きなんだ」

ぼくは、あまりにも自然にそう口にしていた。普段なら、子どもにはとくに警戒していて、好きなもののことなんてけっして口にしたりはしないのに。

女の子は、まるで下品なものでも見るみたいに顔をしかめた。

「おとなの、おとこなのに？　うそつき」

子どもってみんなカラス人間だ。

だけど、びっくりなんてしてやらない。

「うそじゃないよ。でもおとなのおとこだから、もうだれもいっしょに遊んでくれないんだ。すごくさみしいよ」

なんとなく言ってみただけだったのに、それは、ぼく自身の、すさまじい真実であるように思えてならなかった。これ以上会話をつづけたら、恐竜みたいな声で泣いてしまいそうだ。

すると女の子が言った。

5
透明人間とおままごと

「じゃあいま、ここであそべば」

「え、いいの？」

ぼくは、もうじき星へ帰る宇宙人であるというのに、おまけに労働中の身だというのに、女の子の誘いに嬉々として食いついてしまった。

「いいよ。どっちがおきゃくさんする？」

つんけんした言い方だったけれど、女の子はさっきとは全然ちがう、いくぶんか親しみのこもった表情になっていた。

「どっちもやりたいな。順番にどっちもやろうよ」

「うん。あたしもどっちもやりたい」

ぼくはわーい、と飛び上がろうとして、はたと気がついた。

「でも、仕事をしないといけないんだった」

女の子は間髪いれずに言った。

「でもさあ、トマトもあるよ。メロンもあるよ。ばあばがぜーんぶ買ってくれたから」

キャベツみたいに明るいグリーンの、マジックテープでまっぷたつになるプラスチックのメロンが目に浮かぶようだった。ぼくも持ってた。いつも持ち歩いていた。宝物だった。

「わかったよ。じゃあもし、ぼくがオーナーに怒られたら味方してね」

「うん。いいよ」


ほんとにいいんだろうか、と蔵のほうを振り返りながら（いいわけない）、ぼくは女の子のあとに続いて縁側からお屋敷にあがった。畳張りのおおきな仏間を抜けて廊下に出ると、窓の向こうの茂みにこぶりな鳥居が見える。めずらしい、屋敷神ってやつだ。

「おいなりさんだよ。ばあばと毎日おまいりしてる。おいなりさんしってる？」

「しってるよ。かわいいよね」

「うん、かわいい」

廊下をしばらく歩くと、居間にたどり着いた。やはり畳張りで、灯油ストーブ特有の匂いが、冬の残像みたく部屋にこもっている。まんなかに置かれた掘りごたつには、おそらくぼくとオーナーのために用意してくれたであろうお菓子の盛り合わせと、食べかけのみかんが転がっていた。

「ばあば、みかんたべっぱなし」

たぶんぼくが声をかけたせいだろう。薄皮をひん剝かれたまま放置された実は、乾いた皮のうえで、だまし討ちにあったみたいにキョトンとしていた。

5
透明人間とおままごと

ままごとセットの入ったカゴは、嫌味なくらいおおきな黒いテレビの前に置かれていた。ぼくがそれを持ち、女の子は傍に置いてあったレジスターのおもちゃと犬のぬいぐるみを持った。

「そうだ、きみ名前はなんていうの？」

ふたたび縁側へと歩きだしながらたずねると、女の子はわざわざぼくのほうを振り返って、誇らしげに、ゆっくりとまばたきをしながら答えた。

「ひめこ」

「へえ、すてきな名前だね」

「おじさんは？」

ぼくは、え！？！？　おじさんですって！？！？！？　とさけんで尻餅をつきそうになりながら、しずかに答えた。

「……裕一郎だよ」

「ふうん。むかしのひとみたい」

縁側に戻ると、空はまだ茜色のままだった。とっくに薄暗くなっている気がしていたぼくは、ぶきみな明るさをたたえたままの空が、神さまの与えてくれた、とくべつな空白のように思えてならなかった。

ふたりで縁側いっぱいにたべものを並べ、最後にレジスターとキッチンを置くと、縁側は世にも素敵なお店やさんに生まれ変わった。トマトと野菜とケーキ、それにハンバーガーやぬいぐるみまで売っている、スーパーマーケットなんてつまらないことは言いたくない、ぼくたちだけの、世界にたったひとつのお店やさんだ。よく見るとダンゴムシがうろうろしていた、実家の車庫の段差とはぜんぜんちがう。

ぼくたちは、店員さん役とお客さん役を交互にやりあいながら、夢中でおままごとに没頭した。どういう内容だったかは思い出せない。背中に汗がにじんで、時間がどんどん加速していくような、すばらしい時間だった。

もちろん、同じままごとセットで同じように遊んでいても、三歳だったぼくはどこにもいない。無邪気だったぼくもいない。ふるい名前のおじさんだけが、いまここにいるだけだ。それはわかっている。

けれど、ぴたりと静止した夕焼け空のしたで、ぼくはたったの三歳になることを許されていた。そして、ぎこちなくオレンジのライトがひかるだけのキッチンを、まがいもののお金を、プラスチックのたべもののすべてを愛していた。

5
透明人間とおままごと

一息ついたときには、空はすっかり暗くなっていた。それに気がついたとたん、心地よい疲れがどっと押し寄せてきた。

「もうおわり？」

ひめちゃんがぼんやりしているぼくを見て、不満そうに言った。

「ううん、あんまりたのしくてぼーっとしちゃっただけ」

「わたしおみせやさんごっこすき」

「ぼくも」

ふと蔵のほうを見ると、シーズー犬が入り口の前でちょこんとお座りをしていた。どうやらオーナーとおばあさんがまだなかにいるようだった。

「ちょっと休憩して、蔵のほうを見に行ってみない？」

そう提案すると、ひめちゃんはレジスターを膝に乗せて、ピンクのバーコードリーダーを耳にあてた。

「ピピーッ、はいもしもし、おひなさまですか。はい、はい、ハンバーガーですね。ちょっとまってててください」

ぼくが呆気にとられていると、ひめちゃんはつづけて言った。

「おひなさまがハンバーガーくださいだって。とどけなきゃ」

手をつないで蔵のなかへ入っていくと、オーナーがおばあさんに向かって、ひとつひとつの商品と買い取り金額を説明しているところだった。オーナーはすっかりぼくのことなんて忘れていたみたいに「おう」とだけ言うと、ふたたび説明にもどった。

「こちらが、お爺様が戦時中に残された日誌です。きわめてプライベートなものですので、現時点でこまかく確認することはしませんが、一応骨董としての価値はつきます」

「あら、なんでも集めてるひとがいるのねえ」

おばあさんはびっくりしたように言いながら、日誌をパラパラとめくった。はじめは関心なさげだったけれど、細かな文字でびっしりと埋め尽くされたページを見ていたら、なにか思うところがあったようだ。

「祖父の記憶って、ふしぎとあんまりないのよ。喋らないひとだっていうくらい。だから、あの人が兵隊さんだったってことも、ぴんとこなかったの。だまって行って、だまって殺して、だまって帰ってきたのかしら、なんてみんな笑ってたくらい。でも、ほんとはこんなに言いたいことがあったのね。そうだったのね。わたしこれ、取っておきますわ。たぶん読まないだろうけど」

「それがいいかと思います」

5
透明人間とおままごと

ふつうの古物商だったら残念がるところだけれど、オーナーはどこかほっとしている様子だった。

「あらひめちゃん、お兄さんに遊んでもらっていたの」

おばあさんは、ようやくぼくたちに気がついたみたいに、こちらを振り返って言った。

「ひめがあそんでって言ったんだよ」

「あらまあ、よかったわねえ。すみません、女の子のあそびなんて付き合わせちゃって。迷惑だったでしょう」

おばあさんは急にぼくの方を見て言った。

「え、あの……いえ……」

ぼくは必要以上に動揺してしまった。オーナーはニヤニヤと意味深な笑みを浮かべている。

「じゃあね。ひめたち、おとどけものあるから」

ひめちゃんはきっぱりとそう言うと、ぼくの手をひっぱってずんずんと蔵の奥へ進んでいった。外では豆腐売りのラッパに反応したシーズー犬が吠えている。

蔵の奥は狭く、どんどんホコリっぽくなっていった。すると、積み上げられたダンボールのまんなかに、ちいさなガラスのショーケースが置かれていて、なかに雛人形が一体だけ飾られていた。真上から、裸電球がそっと光を落としている。

おそらくものすごくふるくて、よっぽどのお金持ちしか手に入れられなかったであろう、立派なお雛さまだった。一糸乱れぬ絹の髪に、花や宝石のたくさんついた見事な天冠が載せられていて、ガラスの瞳ははかりしれない時の流れをただ見つめている。

「すごい、こんなにきれいなお雛さまはじめて見たよ」

ぼくが興奮して言うと、ひめちゃんは「ひめのじゃないよ。ママのでもばあばのでもないって。でもひめがみつけたんだよ」と言った。

「蔵のなかで?」

ひめちゃんはブンブンとはげしく首を縦に振った。

「そう。ひめがみつけて、ひめがおいたの」

「そうか。みつけたのも、おいたのもすごいね」

ぼくたちは作りたてのハンバーガーが冷めてしまうことも忘れて、雛人形に見入った。

結局つづらのなかにあったものは日誌以外すべて買い取ることになった。ついでにつづら自体も（明治時代の貴重なものだったらしい）。

5
透明人間とおままごと

そこにどういう人生があったかなんてまったく想像もつかないけれど、中身はほとんどが晩年にこつこつ集めていたという中国美術と、満州の風景が切り取られた古写真、そして持ち主の関わった戦争にまつわる資料や軍服だった。

「すっきりして助かりましたわ」

つづらはいったいいつから、今日という日を待っていたんだろう。まったく邪魔ね、なんて言われながら、もういないひとの思いを乗せて。


つづらをワゴンに積み込むと、居間でお茶とお菓子とみかんをご馳走になった。

オーナーはすっかりリラックスして、さっき買い付けた古写真と地図を机のうえに広げながら、これはどこらへんだとか、ハルピンがどうのとかうんちくを垂れていた。おばあさんは好奇心のつよいひとなのか、ニコニコとたのしげに聞き入っている。

ぼくとひめちゃんは、そそくさとお菓子を食べると、ふたたび廊下でおままごとに興じはじめた。

「トゥルル、たいへん、おひなさまがやっぱりおにぎりがたべたいって。こまったわ」

「お雛さまは最近わがままがすぎるので、もういっこハンバーガーをあげちゃいましょう」

「えー、おひなさまおこるよ」

ひめちゃんはそう言って、ケラケラ笑いだした。たぶん、もう一個ハンバーガーが届いたお雛さまの、怒りを通り越して唖然とした顔とか思い浮かべてしまったんだと思う。ぼくもつられて笑ってしまった。頭がやけに立派っていうのがいけない。

「ひめちゃん、お兄さんたち、もう帰るんですって」

「おう、かえるぞ」

居間のほうを見ると、オーナーが掘りごたつを出て、ワゴンのキーをジャラジャラいわせていた。

「はーい」

ひめちゃんはそう返事をすると、並べてあった食べ物たちを、ブロック崩しみたいにぐちゃぐちゃにした。その音と仕草で、ぼくもなんだか急に夢から覚めたみたいだった。

「ひめちゃん、今日はよかったわねえ。この子最近幼稚園に行ってなくて、おともだちともあそんでなかったんですよ」

「はあ、そうなんですか」

返事をしながら、さりげなくひめちゃんのほうを見てみると、最初に会ったときみたいにつんとした顔のままうつむいていた。

ぼくもこの顔したことある。

「いや、なにがあったわけでもないんですけどね。この頃クラスの男の子たちが、スカートめくりをするんですって。そのくらいの歳って、よくあるでしょう。ふだん気の強い子だから、やっつけちゃえば、なんて私も言ったんだけど、やっぱり女の子なのねえ。よっぽどはずかしかったみたいで」

おばあさんは世界に対する言い訳みたいに言った。

ひめちゃんはくるりとみんなに背を向けて、おもちゃを片付けていた。そのちいさな背中も知っている。ぼくの背中が知っている。

「ひめちゃん、やだよね。やなことされたら、やにきまってるよね」

いま思い返せば、もっとうまい言い方があったはずなのに、もっとだれも傷つけない言葉があったはずなのに、そのときのぼくはそれしか出てこなかった。鼻の奥がツーンとして、身体じゅうがものすごく熱かった。ひめちゃんはなにも答えなかった。

別れ際、ひめちゃんは、入れ違いで帰ってきたお母さんの腕にちょこんと抱かれながら、たいせつなおもちゃの桃とりんごをぼくにくれた。シワシワしたプリキュアの紙袋に入れて。

「ひめちゃん、ありがとう。またあそぼうね。お雛さまによろしくね」

「ほんとにまたくるの」

「くるよ。だってたのしかったでしょう」

「じゃあひめ、まってる。そのときはようちえん、いってるかも」

「いってもいかなくてもいいよ。またあそぼう」

ものをたくさん乗せたワゴンが走りだすと、サイドミラーのなかで、ちいさなひめちゃんがますますちいさくなっていった。そしてあっという間に見えなくなると、ぼくは思わずあっと声をだして、それから高速に乗るまで泣きつづけた。ひめちゃんのことだけじゃない。三歳の自分とか、つづらの中身とか、いろいろなものがごちゃまぜになって、胸が引きちぎれそうだった。

でも、一番痛いのはそこじゃない。

どうしてぼくは、あの子にまた会えるなんて言ってしまったんだろう。

6 透明人間とフリーマーケット

朝がきた。聖なる朝だ。ぼくは狭いベランダから、群れをなす新宿のビル群が可憐なラベンダー色に染まってしまうのをながめている。おびえて、身を寄せ合って、おおきなふりしたばかな都市。ぼくの都市。

ひめちゃんからもらった桃とりんごは、乱雑にものが積み上がった部屋に、あっという間に溶けこんでしまった。ピンクの桃。オレンジがかった赤いりんご。どちらも本物とちがってざらざらしていないし、ずっしりした重みもない。もちろん甘くもない。

きっとぼく以外のひとにとっては、がらくたの銀河の、ごくちいさな一点でしかないだろう。あるいは目利きを何人か集めたとしても、けっして価値を見出してはもらえないだろう。

なのに、そんながらくたが光って見える。世界じゅうでたったひとり、ぼくだけが、そうやってこのふたつをまなざしている。

あの日から、ぼくは三歳の自分をつねにこころの片隅に感じている。どう言ったらいいかわからないけど、三歳のぼくが、いまのぼくを笑わせよう、たのしくさせようと、すきあらば胸をくすぐってくるのだ。おかげでますます、透明になりそこねてしまう。

テーブルに置いたままの腕時計が、六時きっかりを指している。

都市よ、おびえるビル群よ、おまえたちはいま、どんなまばゆさのなかにいるのですか。


連日ハードな買い付けが続いたこともあり、目がさめると全身筋肉痛になっていた。ぼくは「痛い……」と呻きながら、のろのろと顔を洗い、適当に歯を磨いた。

朝ごはんのかわりに昨夜買っておいたキャベツ太郎とグミをたべ、紫のやさいジュースを飲み干すと、ヒゲを剃りながらトイレにこもる。今日も身体はどこも透き通ってなんかいないし、絶好調で稼働している。とてもいやだ。すごく困る。

トイレから出ると、ベッドのしたからトランクを引っぱりだして、寝ぼけたように空いた口に手当たりしだいおもちゃをつめこんでいった。まるで巨大なトラクターが、泥まみれのぐしゃぐしゃした雪も、生まれ落ちたばかりの白い雪も、いっさいがっさいえぐりとっていくみたいに。それにしても腰が痛い。太ももなんてもっと痛い。もう二度と、エレベーターのないマンションの買い付けになんて行くもんか。

そうしてなんとかトランクがいっぱいになると、呻きながら服を着替え、コードのからまったイヤホンを耳につっこみながら、鍵もかけずに部屋をでていく。

今日の会場は、品川から京急線にのってしばらく行ったところにある、立会川のちいさな公園だった。ぽかぽかした陽気のなか、すこし急いで歩いたせいか、着いたときにはじんわり汗をかいていた。

簡単な受付を済ませると、ぼくは公園を見渡して、いかにも老木って感じのする桃の木の前にピクニック用のシートを敷いた。花はすっかり散ってしまっているけれど、枝の先にはだれのしわざだろうか、ちょうど花びらみたいな色をしたピンクのリボンがひとつだけ結ばれている。それは、まるで祈りそのものみたいだった。

ペットボトルのお茶を飲んで一息ついてから、ぼくはシートに持ってきたおもちゃをつぎつぎと並べていった。セーラームーンのスティックやコンパクトを中心に、八〇年代のイースターバニーのぬいぐるみや、夢のような色彩のたてがみをもったマイリトルポニーのフィギュア。いらないものなんてひとつもない。すべてがかけがえのないぼくの宝物だ。でも、だからこそ手放さなくてはいけない。

雲ひとつない天気のおかげか、アクリルの宝石はよりきらめき、カラフルなぬいぐるみはよりカラフルに見えた。思えばぼくの部屋は、ものが劣化してしまうことをおそれて、真っ黒な遮光カーテンがつねに吊るしてあるのだ。そんな空間にずっといるのは、どんなに窮屈《きゅうくつ》だったろう。どんなにつまんなかったろう。

ぼくは静電気で乱れてしまったポニーのたてがみを、そっと撫でつけながらつぶやいた。

さあ行っておいで。これからはうんと明るいところへ。


休みごとにフリーマーケットに出るようになったのは、オーナーがちっともぼくのものを買い取ってくれないせいだ。

「ところで」と話しはじめた途端に「だめだ」と断られてしまうので、業を煮やしたぼくは、オーナーのいないあいだを狙ってこっそり倉庫におもちゃを持ち込んでみたこともある。ぼくは臆病だけど、大胆なことは妙にできる。

しかしオーナーは、広大な倉庫のあちこちに散らしたぼくのおもちゃを、あっという間に見つけだしてしまった。まるで歯医者さんが、ごくちいさな虫歯をつぎつぎと探り

6
透明人間とフリーマーケット

当てていくみたいに。

オーナーはめずらしく怒っていた。木野さんも見たことがないというくらいの剣幕で怒っていた。

大人の男の人に怒られるのが苦手なぼくは、天敵に睨まれたネズミみたいに硬直したまま、いったいなにを怒られているのかもわからないでいた。代わりに、なぜかうしおくんが泣いた。ごめんなさい、自分が泣いてごめんなさいと言いながら泣いた。

それにしても、オーナーはあのとき、どうやってぼくのおもちゃを見つけだしたんだろう。

じつはコンピューターみたく、倉庫の中身を把握しているのだろうか。あるいはぼくの顔に出ていたとか？「おもちゃ置いちゃいました」って。

それともまさか、選ばれてやってきたのではないものたちの匂いを、かなしみを、かぎ分けることができるとでもいうんだろうか。

開始時間の一〇時になると、ちいさな公園の、ごく小規模なフリーマーケットにもそれなりに人が集まりだした。ほとんどがお年寄りか若い子連れの夫婦で、みんなどこかへ行く途中に偶然通りがかって、なんとなく寄ってみたって感じだった。ささやかで、平和的で、だけど一瞬後には消えてしまいそうな、流れていくばかりで決して摑むことのできないような、なんともいえない土曜の朝の空気だった。

フリーマーケットははじまってしばらくは、いつもオドオドしてすごす。だれも自分のことなんて見てないのに、そんなことわかってるのに、人の視線が気になって仕方がないのだ。

ぼくはいま、自分のお店が、会場じゅうでいちばんかわいくて、すてきだってことを知っている。できればみんなに見てほしい。そして手にとって、触れて、褒めて欲しいと思っている。

だけど、ぼく自身のことは見てほしくない。いないものとして扱ってほしい。なぜなら、個性の時代なんてうそだって、ぼくの人生がさけぶから。

そのうち、スーツを着た三人組の女の人たちがきゃーきゃー騒ぎながらやってきた。

「やばい、セーラームーンじゃん。写真撮ってもいいですか？　超なつかしい」

「あ、どうぞ」

とぼくが答えるより先に撮影大会がはじまった。

「やだ、これとかたぶん持ってたよー私」

「私は持ってなかったけど、こっちのはお姉ちゃんがたぶん持ってたと思う。ここ押す

6
透明人間とフリーマーケット

と光るんだよね、ほら光った光った、わー」

繊細なメッキのほどこされたセーラームーンのおもちゃを乱暴に触って、置いてと繰り返しながら、しきりに「なつかしい」とはしゃいでいる。

ぼくは、はずかしいのも相まって、むかむかしてたまらなかった。なつかしいだって、なつかしいだって。

ものを乱暴に扱われたことよりも、なにも買ってもらえなかったことよりも、その言葉に腹が立って仕方がなかった。でも、なんでかはよくわからない。

しばらくすると今度は前髪が海藻みたいにおでこに張り付いた男の人がやってきて、片手でスマホをチェックしながら、じろじろとおもちゃをながめはじめた。おそらく転売目的で、オークションの落札相場かなにかをしらべているんだろう。

そう思い、「お安くします」と声をかけると、まるでぼくに気がつかなかったとばかりに飛びあがって、さっさとどこかへいってしまった。いざいないものとして扱われると結構傷つく。

午前中はそうやって、なにひとつものが売れないまま過ぎていった。

お昼には、ちかくにあった昔ながらのおむすび屋で三個ほどおむすびを買って、ブースの近くのベンチで食べた。どれも硬く冷えきっていて、お金をだしてはたべられないたぐいの味がした。

おにぎりを食べ終えると、ぼくはブースに戻るまえに、ぐるりと会場を見てまわった。そして、なんでも五〇円だというダンボールのなかから、バイトのとき使えそうな軍手のセットと、ちょうど切らしていた付箋を見つけだして買った。いくつか気になるおもちゃもあったけれど、ものを増やしては意味がないのでがまんする。

昼下がりになると、活発そうな小学生ぐらいのグループがちらほらと公園にやってきた。しかしどのグループも、つまらなそうに会場を一瞥しただけで、すぐにジャングルジムやブランコで遊びはじめた。

ふるびたものや、いらなくなったもののなかで見る子どもたちは、身体じゅうふわふわした産毛に守られてぴかぴかしていて、歴史が積み重なっていまがありますとか、血を受け継いで子どもがいますとか、ぜんぶうそみたい。ぜんぶどうでもいいみたい。

ふと見ると、斜め前のおばあさん二人組のブースで、さっきの男の人がいかにも一〇年くらい納戸にしまわれっぱなしでしたという感じのタオルセットを買っていた。あれも転売するんだろうか。

6
透明人間とフリーマーケット

日が陰りだすと、あたたかだった景色はだんだんと漂白されていくみたいに青ざめていった。騒いでいた子どもたちはいなくなり、空を舞っていた小鳥たちも姿が見えなくなっている。毎年感じることだけれど、春ってそんなにいいやつじゃないと思う。

今日はあまりものが売れなかった。

がっかりしながらため息をついて、片付けの準備をしていると、いつの間にかひとりの女の子がブースのまえに立っていた。ひめちゃんよりすこし年上って感じだろうか。ポニーテールをこまかなロール状に巻いて、足元は編み上げのごついブーツできめている。とても大人びた雰囲気だった。

「こんにちは」

ぼくが挨拶すると、女の子はいかにも気が強そうな顔で「ん」と言った。ぼくはなんだか、ひめちゃんのときみたいにはこころを開けない気がした。

女の子はさめた目でおもちゃを見ていた。触るときは指先で、まるで汚れたオムツでも触るみたいにつまんだ。ぼくのものをいったいなんだと思っているんだろう。

遅れて父親がやってきて、ぼくに向かって申し訳なさそうに会釈した。おしゃれなライダースをばしっと着て、長い髪はラフなのになんだかきまっている。ぼくは慌ててスマホなんて見て、絵に描いたような照れ隠しをやってしまった。

「なんかいいのあったか」

女の子は、ごしごし頭を撫でる父親の手をさっと振りはらって言った。

「これ買って。はやく」

女の子が選んだのは、よりによってセーラームーンのスタリオンレーヴだった。グリーンの柱に支えられた球玉の中央に、幻想的なペガサスのフィギュアが据えられていて、スイッチに触れるとおしゃべりをしてくれる。

幼稚園のころからずっと欲しくて、一昨年やっと手に入れたものだった。そうでなくても、セーラームーンは、ぼくにとって特別な存在だ。永遠にあこがれの、ぼくのスーパーヒーローだ。正直言って、手放したくない。手放したくなんかない。

「いいけどママに言うなよ。すみません、いくらです?」

「八〇〇円です」

そう答えると、父親はデレデレした笑顔で、ジーンズのお尻に入れた長財布から一〇〇〇円札を取り出した。

「あ、おつりはいいです」

女の子はすでにぼくのブースから立ち去り、ちょっと離れたブースで洋服を物色していた。父親はレーヴを入れたショッパーをぼくから受け取ると、慌てた様子でそのあとを追った。ショッパーがぶらんぶらん揺れている。

おつりはいいですって、おつりはいいですって、それ五万したんだけど。

フリーマーケットをやっていると、こういうことってよくある。なにも価値のわかる人、大切にしてくれそうな人ばかりが、ものを買っていってくれるわけじゃないのだ。しかし、ものたちが長い一生のなかでどういう人のところへ立ち寄るのかなんて、ピンボールほどに思いのよらない、まったくコントロールの効かない領域の話だ。だからこそ、ぼくのところへも来てくれたのだし、同じように飛び去っていくこともできる。それはわかっている。わかっているから、こうやって安い値段で、だれにだって売ってみることにしているのだけど、納得が行かないこともある。いや、値段のことじゃないのかもしれない。値段なんてどうでもいい。

ぼくは、あの子の土曜日がうらやましくてたまらないんだ。

その夜夢のなかで、五歳の自分に会った。このあいだ、ひめちゃんとあそんだのはきみ？　と聞くと、彼はこくりとうなずいた。
そして彼は怒っていた。すごく怒っていた。
ぼくはなんにも答えないで、夢のなかだってのにふて寝した。

7 透明人間、打ち明ける

澄み渡っていた春の空は、もこもこしたグレーの雲に覆われてしまった。雲はときおり陰湿な雨を街にこぼし、ぼくたちはそのしたで濡れそぼっているしかない。

バイトの休憩中、ぼくはふいに団地の屋上に行ってみたくなって、いまにもワイヤーの切れそうなエレベーターに乗って最上階にあがった。長い廊下はひんやりとして無機的で、人々のにおいや気配だけがうすく充満している。なんとなく、学生時代に見学に行った精肉工場の雰囲気を連想させた。

コの字型の廊下を奥へ進んでいくと、突き当たりの手前に鉄製の、いかにも重たそうな扉があった。なるべく静かに開けたかったけれど、それでもかなりの音がしてしまい、だれかに気づかれてしまわないかとひやひやした。けれど、長い廊下にはだれもいない。不気味なほどしずかだ。

扉の先には薄暗い階段があり、昇りきったところには屋上へと繋がる安っぽくて軽い扉があった。ぼくはなにも考えず、あたりまえのようにふたつめの扉を開き、広い屋上へと踏み出していった。

室外機がぐおんぐおん音を立てる広い屋上は、想定していた以上にろくな場所ではなかった。とつぜんよくわからないおおきな溝があったりして、うっかりここへ落ちてしぬというだけの人生も、どこかにあるのかもしれないと想像してしまう。景色もぱっとせず、しかし地上にいるときよりは、海のにおいが濃く感じられる。

本当は大の字になって寝そべりたかったけれど、朝まで降っていた雨のせいでそこらじゅう濡れていて、かわりに銀色の太いパイプのうえに腰掛けた。そして、パイプがひんまがらないかヒヤヒヤしながら横たわってみたけれど、腰まわりの筋肉がどうしても緊張して、なかなかリラックスすることができない。

ぼくはいま、ぎこちなく曇空と向き合っている。

曇天《どんてん》はまったく、どこまでも曇天だった。よく見ると、わずかに太陽の光が漏れている箇所があったりして、あの向こうはどんなにきれいかって、思わされるのがむなしい。まるで地球ごと布で覆われて、なにかとびきりの光景や出来事から、まるっきり締め出されているみたいな。

　ここはじめじめし、雨がふり、きなくさい右寄りのニュースが駆け巡るだけの世界。こんなところで一生懸命いきるなんて、まったくばかなやつのすることだ。

　あの雲が空に現われてから、ぼくはこころに膜が張ったみたいになにも感じなくなった。三歳のぼくも消えた。それをいいことに、この一ヶ月フリーマーケットだけでなく、ネットオークションやコレクター向けのショップを駆使して、がんがんおもちゃを手放している。レーヴを手放したときの感傷なんてもうどこにもない。これって、とてもいい傾向だと思う。

　胃袋からあらいざらいものを吐き出すみたいに、とにかく大量のおもちゃを手放しつづける。それは、やっぱりものを吐いたときとおなじくらいのくるしさと、爽快さをもたらす。部屋といっしょに、ぼく自身が空っぽになっていく。中身がなんにもなくなっていく。

　今年の梅雨は長いらしい。

　久々にめぐるから連絡がきたのは、そんな梅雨の、ある土曜の朝だった。

「ゆうちゃん、イエーイ。来週、友だちの主催するフリマが西荻であるんだけど、あんたもでない？」

ベッドから身体を起こすと、すりガラスの向こうから、めずらしく陽の光が差していた。あきらかに春のものとはちがう光だった。

「フリマ？　どうして急に」

しらじらしい返信をしながら窓を開けると、陽の光がよりつよく部屋を照らしだした。夏だ。夏がもうじきやってくるのだ。

「いや、さっき友だちに誘われたんだけどさ。ひとりだとさみしいから、あんたいたらいいなって思っただけ」

さみしいか。さみしいってなんだっけ。

「途中からでよかったら、もしかしたら参加できるかもしれない」

ぼくは人に会うとき、いつもこういう言い方をしてしまう。行っても行かなくても怒られないような、ずるい言い方だ。思えば子どものときからそうだった。絶対の約束って、守れなかったら嫌われる気がしてこわいのだ。あるいは、嫌われるかどうか試すために、あえてやぶってみたりする。

「おっけ。じゃあ会えそうだったらテキトーに会お。渡したいお土産もあるし。超いけ

7
透明人間、打ち明ける

てる犬の、なんだろうこれ、なんかやつ」

「なにそれ」

「わかんない。犬のなんかやつ」

ぼくはあれこれ想像してみた。けれど、どんなものなのかまったく想像がつかない。

「気になるっしょ。もしよかったら今日渡してもいいよ。晴れてっし、ついでに走ろーよ、チャリで」

ぼくはすこし携帯から離れ、五分ほど置いてから返事をした。

「昼過ぎからなら、もしかしたらいけるかもしれない」


めぐるとはじめて出会ったのは、二〇歳のころだから、もう六年前だ。当時ぼくは絵の勉強を、めぐるは写真の勉強をしていて、他の大学だったけれど、なんとなく共通の知り合いを通して友人になった。

あのころめぐるは、いかにもお嬢様って感じの服装に身を包み、きれいな女言葉で喋っていた。いつも人に囲まれて、けれどいまいちなにを考えているかはよくわからない人だった。

ぼくはぼくで、人にからかわれるままに「おかまです」なんて言っていた。好きなものを好きでいるためには、そうするのが一番賢い気がしていたのだ。

しかし、あるときを境に、めぐるは変わった。お嬢さまふうの服を脱ぎすてて、ロングだった黒髪もちょんちょこりんに結って、身軽な言葉でよくしゃべり、よく笑うようになった。そしてぼくも同時期に、「おかま」なんておどけるのをやめた。はっきりと語り合ったことはないけれど、そういう足並みの揃いが、ぼくたちをよりつよく結びつけるようになったと思っている。

なのに気がつけばぼくは消えたくなっていて、めぐるはみるみる健やかに、あるべき姿に変わっていく。なんでだろう。いったいどこに分岐があったっていうんだろう。


ひととおり下痢をしおえた午後の三時きっかりに、ぼくは自転車にまたがって東京タワーに向かった。新宿からだいたい一時間、起伏に富んだ山手通りをひたすら突き進んで、代官山で路地にもぐり、明治通りを直進する。自転車に乗っているあいだ、ぼくは無色透明の風になりきる。気取ったタイル敷きの道も、ごみごみした高架下の路地裏も、風はそのまんまの姿で、等しく吹いていけるから。

いつまでも工事の終わらない一ノ橋公園を横切り、広い通りをまっすぐ行くと、待ち合わせ場所の芝公園が現われる。ぼくは入り口に自転車を倒して、広い芝生のなかに入っていった。

「あれーっ、もうきたんだ。あんた、今日はおなか平気なの」

めぐるはごろりと芝生のまんなかに寝そべって、手作りのサンドイッチを食べながら、伊集院光のラジオを聴いていた。相変わらずポケモンのTシャツなんか着て、ひとつに縛りあげたちょんちょこりんだ。

「べつに、平気だよ」と言いながら、早速お腹が痛くなる。

「それで、犬のなんかやつってなに」

ぼくがそう言うと、めぐるはあざやかなオレンジ色のナップザックから、シワシワになったビニール袋を取り出した。

「はいこれ」

きつい結び目をほどくと、なかには溶けかかった極彩色のキャンディと、溶けきったキャラメルが一粒ずつ。そしてテカテカした素材でできた、ものすごく縫製の雑な、強いていえば犬に見えるという程度の、得体のしれないマスコットが入っていた。

「こいつ、犬ですらないんじゃないの」

ぼくが吹きだすと、めぐるはうれしそうに笑って、「でしょ〜〜！最高〜〜フゥ〜

〜！」と、おおきなこえで叫んで転がっていった。うしろでボールを追いかけていたチワワと、その飼い主がおどろいた顔でめぐるを見ている。

「ちなみにそれ、あたしとおそろいだから！」

短パンのベルト穴には、たしかにおなじマスコットがぶらさがっていた。

「どこのお土産なの？」

「ノルウェー。恋をしにね、一ヶ月ぐらい行ってたんだ」

めぐるが恋。なんだか想像がつかなくて、変にドキッとしてしまった。

「どんなひと？」

「筋肉のうえにしっかり脂肪がのっててさあ。わかる？　高いお寿司みたいなの。めちゃエッチなの。去年こっちに観光で来てて出会ったんだけどさ」

ぼくは、恋をしにいった国の街角でこのマスコットに出会い、ぼくに押し付けてやろうとたくらんだめぐるの悪い顔を想像して、また吹きだした。

「そっか。ありがとう」

ぼくはこころから言った。

ありがとう。本当にありがとう。

でもね、ぼくもうすぐ、透明になって消えるんだよ。

しばらく芝生で休憩をしたあと、ぼくたちはそれぞれの自転車にまたがって埠頭《ふとう》を目指した。

ごついロードバイクを、颯爽と乗りこなすめぐるはかっこいい。スピードを出したときはツバメみたいに見えるし、のろのろ走っているときはモズみたいに見える。ちいさくて、ちょっとした風にもおびやかされて、いっそ滑稽なくらいなんだけど、でも瞳はまっすぐに目標を見据えている。

一方ぼくの自転車はボロくて、放っておいてもだれも盗んでくれないような代物で、フレームにはとくに気にいっているわけでもないあひるのペックルのシールが貼ってある。おまけに、しゃかりきに漕げば漕ぐほど、なんだかモグラみたいな動きになってしまう。足が短いせいだ。

ちいさな歩行者用のトンネルをくぐり、海が見えてくると、めぐるはやったーーと叫んで、シャツの裾をはためかせながら、勢い良く坂道をのぼっていった。ぼくはボロ自転車のペダルを必死に漕いで、モグラになって、その背中に必死でついていく。どうしよう、くるしいのに、顔が笑っちゃう。

天王洲の橋を渡り、汗だくになってコンテナ埠頭にたどりつくと、ぼくたちは白いガードレールに腰掛けて、巨大なレインボーブリッジをながめながら、自販機のコーラで喉を潤《うるお》した。めぐるは大好きなクレヨンしんちゃんの主題歌をiPhoneからちいさく流している。

「あんた最近、どうしてたの。仕事やめて、骨董品屋でバイトしてんでしょ」

めぐるにたずねられると、ぼくは用意してきた返事を頭から取り出し、そのまま機械的に読み上げた。

「べつになんてことないよ。ほんとになんてことない日々だよ」

「えーあんまり想像つかない。ゆうちゃん、なんてことない日々なんてほんとにあるの？」

「あるよ。だってぼくだもの」

「ふうん、ならどんなか聞かせて」

ぼくは骨董品屋での日々を淡々とめぐるに話した。オーナーのこと、うしおくんのこと、あらゆる大失敗のこと、そしてひめちゃんのこと。

めぐるは相槌もうたず、じっとぼくの目を見て話に聞き入った。ぼくはその瞳に誘いこまれるように、するすると話してしまった。

話しながらふと見ると、めぐるの腰にぶらさがっていたマスコットが、ガードレールに触れてちょっとだけ汚れていた。それを指摘すると、めぐるはあわててマスコットをベルトからはずし、ハンカチでていねいに汚れをぬぐった。その顔があまりに真剣なので、ぼくはついおかしくなって笑ってしまう。めぐるといると、たのしくていやだ。

海のうえを、熱風がビュンビュンと飛びまわっている。空の色も、レインボーブリッジの色もきわめて鮮やかだ。

このまま夏が来てしまうんだろうか。

夏が来たら、ついこころが浮き立って、ひとりでもたのしそうなことを考えちゃうかもしれない。それはつまり、また三歳とか五歳のぼくが出て来て、傷つく自分に戻ってしまうってことだ。

こころなんて動かなくていいのに。ずっと雲に覆われていていいのに。

「あたしはね、いま仕事ってものについてめっちゃ考えてるんだ」

ベルトから外したマスコットをぎゅっと握りしめながら、めぐるはしずかに話しはじめた。

「やっぱり彼が好きでさ、わかんないけどあっちもたぶん、好いててくれてさ。でもちょくちょく会うには、いまみたいにチャランポランじゃいけないの。飛行機代だけで結構するし、移住するなら言語とも向き合わなきゃいけない。でもあたし、仕事なんかにあたしの時間、取られちゃいたくないいんだよ。どうしたらいいの？」

めぐるはかなしそうに言った。けれど、ぼくはそんなめぐるの姿がまぶしかった。すぐ横にいるのに、めぐるばかりが未来を見据えていて、やっぱりツバメみたいに、あるいはモズみたいに、まっすぐ次の季節に進んでいこうとしている。モグラには到底追いつけないほどの速さで。

「なによりさ、こうやってごちゃごちゃ悩んでるのがいや。自分がぜんぶダメみたいに思えてくるんだもん。あたしさ、ハッピーでいたいんだよ。ハッピーになれないなら、あたしせめて、犬になりたい」

「犬？」

「そう。ゆうちゃんには言ってなかったけど、あたし実は、前から犬になりたいんだ」

めぐるはしんとした目で、海の向こうにそびえている晴海のビル群を見据えていた。

「それって、たとえばシーズーとか、プードルとか？」

めぐるはしずかに首を横に振った。

「ううん。あたしの言う犬っていうのは、もっと凜としてるんだ。オオカミに近いかもしんない。でも犬としかいいようがないの」

ぼくは、犬になろうと必死にテッテと土のうえを行く小鳥を想像して、くすりと笑った。

「めぐるは犬なんかよりもっとすごいよ」

「えーっ、どこが」

「すくなくとも空は飛べるもの」

「うそ、あたし空飛べんの？　ノルウェーまで行ける？」

「行けるよ。犬よりは確実に」

「えーっ。そっかあ。あたし、働かないでノルウェー行けるんだ。やったー！」

めぐるはそう言って、思いきりバンザイをした。短い、ふにふにした手足の末端にまで、どくどくと力がみなぎっているのがわかる。

「めぐるはちゃんと生きててえらいね」

「えーっ。あんたもめっちゃ生きてるじゃん」

ぼくは身体がぴくっとするほどおどろいた。ぼくが生きてるだって。

「生きてないよ。生きていたいとも思ってないもの」

「えーっ、うっそお。ゆうちゃん、いつもめっちゃ生きてるじゃん。表情筋は死んでる

7
透明人間、打ち明ける

けど」

ぼくはめぐるが、どういうつもりでそう言ってくれているのかわからなかった。なぐさめなのか、なんとなく言ってみただけなのか、あるいはほんとにそう見えているのか。

いずれにしても、ぼくは必要以上に動揺していた。今にして思えば、表情筋の件が結構ぐさっときていたのかもしれない（わりと表情豊かなつもりだった）。

「あのね、ぼくもなりたいものがあるんだ」

「なに？　セーラームーン？」

めぐるはへらへら笑いながら言った。ぼくはちょっとむっとしながら答えた。

「ちがう、セーラームーンもなりたいけど、もっとなりたいものを見つけたんだよ」

「だからなに、はやくおせーて。ハムちゃんとか？」

なんだそれ。ぼくはへらへらしためぐるの空気に流されないよう、ごくりとつばを飲み込んでから、きっぱりと言った。

「ぼく、透明人間になるんだ。透明になって消えるんだ」

「へ？」

めぐるの、ちょんちょこりんに結った髪が、やしの木みたいに揺れていた。瞳は寝ぼけて巣から落ちた鳥のようにぼんやりしている。

するとめぐるは、急にかっと目を見開いて言った。

「マジで？　超かっけえじゃん」

8
おもちゃを手放すということ

まるで分厚い繭《まゆ》を引き裂いて、無理やり人が入ってきたみたいだった。怒ったり、かなしんだりする余裕なんてない。なにが起きたのかさえわからない。

「ゆうちゃん、透明になるの？　超かっけえじゃん」

めぐるはきらきら目をかがやかせて言った。

「うそだ、どこがかっこいいの。だって消えたいんだよ」

ぼくはこわれてしまった繭を繕おうと必死だった。しかしめぐるはますます興奮するばかりだった。

「えー、だって透明っしょ？　スケルトンっしょ？　超かっけえじゃん。ゆうちゃんやばぁ〜い」

そういえばめぐるの好きなアメコミ映画かなにかに、ボディがスケルトンのヒーローがいた気がする。ぼくは頭がクラクラした。冗談じゃないぞ。人様のために透明になろうなんて、まさか思っているわけじゃない。

だいたい、いきなり繭がこわれたりしたら、なかの虫はどうなってしまうんだろう。

もしかすると、永遠のいもむしになってしまうんじゃないか。

「あ。いいこと思いついちゃった。言ってもいい?」

パニックを起こしかけているぼくの隣で、めぐるは屈託なく言った。

「な、なに」

ぼくはお腹にぎゅっと力を入れて、衝撃を受ける体勢を整えた。勘弁してくれ。これ以上ぼくの繭を壊さないでくれ。

「あたし、記録係になろっかな。ゆうちゃんが透明になるまでずっと、カメラで追いかけるの」

「えっ……」

と言ったきり、ぼくは言葉を失いかけた。「……それって、どういうことか聞いてもいい?」

「つまりさ、協力するってこと。あたし、ゆうちゃんがスケルトンになれるよう、協力する!」

8
おもちゃを手放すということ

「協力なんていらないよ。ひとりでできるもん」

　ぼくは子どもみたいなことを言った。

「でもあーた、自分で自分が透明かって、どうやって判断するの。写真は写るよ。いろんなものが写るよ。だから撮らせてほしいんだけどな。もちろん、ゆうちゃんさえよければね」

　たしかに、透明になる過程をだれかに記録してもらうのは、わりといいことかもしれない。うまくいったら、博物館に飾られちゃうかもしれない。

「でもぼく、写真って苦手だよ」

「なら、苦手そうにしてるところを撮るよ。そのまんまを撮るよ。それならかんたんでしょ？」

　ぼくはもう、イエスと答えるしかなかった。

「わかったよ」

「ほんと？　まじ？　やったー！」

　めぐるは思いきりバンザイして、ちょんちょこりんに結ってあった髪をぱっとふりほどいた。ごわごわした海苔みたいな黒髪が、めぐるの顔をすっぽり覆ってしまう。

「あたしね、じつは大学を出てから、ぜんぜんカメラに触れてないんだ。一応バイトではカメラの仕事してるけど、好きでやってるわけじゃないから、あたしのなかではなんも撮ってないことになってってね」

髪に覆われためぐるの顔が、いまどんな表情をしているのか、ぼくにはわからなかった。

「なんか、ちょっと距離おきたかったのもある。意味とか、意義とか、そういうのわかんなくなっちゃったっていうかさ。だから、ゆうちゃんを撮ることで、あたしもなにかつかめる気がしてるんだ。図々しいかもしんないけど、撮らせてもらえるなら超うれしい。てか、撮りたい！　めっちゃ！」

そしてめぐるは、潮風と遊ばせっぱなしだった髪をきゅっと結びなおし、人生最後みたいな顔でタバコを吸った。視線はとおく、晴海のビル群よりもずっと先を睨んでいる。実際それを最後に、ぱったりとタバコを吸うめぐるを見なくなった。なんでかはわからないけど。

めぐると別れたあと、ぼくは頭がごちゃごちゃしていたせいか、なかなか品川エリアから出ることができなかった。走っても走っても、どういうわけか同じ道路に戻されてしまうのだ。やっとの思いで東京タワーを見つけて、ひかりをたぐりよせるように芝公園へ戻ると、ぼくは休憩がてら芝生にねそべって、煌々と輝くタワーを見上げた。

8
おもちゃを手放すということ

ぼくの人生にいったい、なにが起こってしまったんだろう。ていねいに回想してみても、よくわからなかった。でも、めぐるに会うまえとあとでは、なにかが決定的にちがってしまっている。

胸はしずかに震えつづけていた。しかしそこには怒りともかなしみともちがう、なにか純粋な興奮みたいなものがあった。

もうだめかもしんない。あるいは良い方へ行ったのかもしんない。なにも判断できなかった。ただ、あたらしいことが起こったのだ。ぼくは受け入れちゃったのだ。それだけは、まちがいのないことなのだ。

翌週末、ぼくはいつも以上に緊張しながら西荻窪に向かった。びっしりと連なった建物の隙間から、なにか鋭いものが、いまにも飛び出してきそうなスリリングな街。オーナーが言うには、いくつか味のある骨董品屋があったというけれど、もうほとんどなくなってしまったらしい。

フリーマーケットの会場は、駅からずいぶんと離れたところにある、いかにも老人会御用達って感じのふるい建物だった。なかはお座敷になっていて、ところどころ腐っているせいか、足を踏み入れたとたんぐにゃりと平衡《へいこう》感覚がおかしくなる。時空さえ歪んだ気がした。

めぐるはそんなお座敷の隅っこで、いそいそとブースを広げていた。傍にはごつい一眼レフと、ちっぽけなデジカメと、ポラロイドカメラがきれいに並べて置かれている。どうしよう、ほんとに撮るつもりなんだ。

「おっ、ゆうちゃんおはよ！　今日もお腹が痛そうだね」

めぐるはぼくに気がつくと、よりによって周りに聞こえるようなおおごえで言った。ぼくははずかしくて、ほんとにお腹が痛くなってくる。

「どうしよう。トイレあるかな」

「あるよ、そっち。玄関の横。いっといで」

ぼくは荷物をめぐるの隣に置くと、そそくさとトイレへ向かった。その背中に、早速ポラロイドカメラのシャッター音がぶつかってくる。

なんてこった。

薄汚い和式の便器でふんばりながら、つくづく後悔の気持ちでいっぱいになった。だけどこういう事態にならなかったとしたら、ぼくはあのとき、めぐるになんて言ってほしくて打ち明けたんだろう。どんなふうに、話を聞いてほしかったんだろう。

8
おもちゃを手放すということ

会場には、画家だというめぐるの友だちを中心に、同世代のイラストレーターや、なにかしらの表現活動をしている若者たちが大勢集まっていた。みんなそれぞれの作品なり、パフォーマンスなりを売っていて、とてもハングリーで気だるい空気が流れている。慣れない雰囲気にちょっと面食らいながら、ぼくはいつも通り淡々とおもちゃを並べていった。

「ゆうちゃん、おもちゃそんなに売ってへいきなの?」

めぐるが怪訝そうにぼくのブースを覗きこんで言った。ぼくはほんとのことを言うかどうか迷って、とりあえず引っ込めておくことにした。

「たくさんありすぎるからね。最近こうして売るんだ」

「そうなんだ。ふーん」

めぐるのブースには、一度使っただけだというコーヒーメーカーや、年季の入った木彫りの椅子、花瓶、むかし着ていたワンピースなんかが並んでいた。

「あたし、フリマってはじめて!　やばい、売れるかな。いくらならちょうどいいかな。つーかみんな買うかな、うちのおふるのコーヒーメーカー」

「安くすれば売れると思うよ」

ぼくはフリーマーケットの先輩として得意げに言った。

「えーっ。あたしあんま安いから買うってわかんない。こわいじゃん。あとあたしだったら、知らない人のつかったコーヒーメーカーなんて、安かったら逆にいらない」

たしかにそうかも。

すると早速、おそろいのパステルカラーのトレーナーに身を包んだ、双子みたいな女の子ふたり組がやってきた。どう見ても服飾系の学生って感じだ。

「セーラームーンじゃん。ねえちゃんが持ってた。なつかしい」

ぼくは例によってなつかしいということばにムッとしながら、「安くしますよ」とできるだけおだやかに言った。めぐるはそんなぼくを、まるで知らない人みたいにながめている。

ふたりは軽くぼくに会釈すると、ちょっとした暇つぶしでもするようにおもちゃに触りはじめた。

「いまセーラームーンのおもちゃってすげー高いんだってさ。テレビでやってた」

「そうなの？　じゃあこれ買って転売しよっか」

ぼくはどうしてか、こういうことを目の前で言っても平気なやつだと、しらない人に判断されることが多い（男の人だともっとひどい）。もちろん毅然とした態度をとる勇気なんてないので、ぎこちなく微笑みながら、ぶっころすぞ、ぶっころすぞ、と心で唱えていることしかできない。

「あ、でもこれわりとかわいいかも。ちょっとほしい」

　そう言って左側の女の子が手にとったのは、まぼろしの銀水晶のペンダントだった。うさぎちゃんたちが、死にものぐるいで探していた聖石を模したおもちゃだ。ずっしりした金の花座に、うすいピンクのアクリル玉が、お姫さまみたいにちょこんと乗っかっている。

「一〇〇〇円でいいですよ」

　ぼくがそう言うと、女の子は興奮したように目をかっと開いて、頬を紅潮させた。

「え、ほんとですか？　なら買おうかな」

「あはは、まじか。転売しなよ。一万円くらいになるからさ」

　しかし女の子はそれに乗っかることなく、ぼくを見て言った。

「いや、大切にします。だって、きっと大切なものだったんですよね」

　たとえうそでも、三歩歩いたら変わってしまうていどの気持ちでも、やっぱり大切にしてくれそうな人に、ものをつなげるのはうれしい。

「はい。大切にしてもらえたらうれしいです」

　神さま、ぼくもう殺人鬼をやめます。

「くそーーっ、あたしのコーヒーメーカー、やっぱり売れなかった！」

女の子たちが去っていくと、めぐるがくやしそうに髪をかきむしって言った。ぼくが殺人鬼になったりしているあいだに、だれかにコーヒーメーカーを売りつけようとして、あえなく失敗したらしい。

「やばい、あたしのコーヒーメーカーやっぱ売れないのかも。ゆうちゃんはなんか売れた？」

「うん、セーラームーンのペンダントひとつ」

「いいなーっ。いくら？」

「一〇〇〇円だよ」

「えっ、安くない？」

めぐるはぎょっとした顔をしていた。

「でも、大切にしてくれそうだったよ。それに手放したいだけだから、お金なんてべつにいいんだ」

ぼくは言い訳みたいに言った。

「そゆことじゃなくて、なんかおもちゃへの敬意っていうか、そういうのどこいったの？」

「そんなの最初からないよ」

ぼくはうそをついた。六年来の友だちに、こんなうそが通じるわけないと知りながら。

「どうしてそんなひどいこと言うの？」

「ひどい？」

「ひどいよ。だって、こないだまでコンパクト持って歩いてたじゃん」

ちらりと見ると、彼女のブースに並んでいるものは、どれもそれなりの値段をつけられている。コーヒーメーカーだって二〇〇〇円する。花瓶だって二〇〇〇円だ。

おそらくめぐるは、なにも売れないままフリーマーケットを終えるだろう。だけどめぐるは、そうなるとわかっていても、コーヒーメーカーに二〇〇〇円をつけたにちがいない。

ぼくだってほんとはそうしたい。ひとつひとつにしかるべき値段をつけて売りたい。でも、価値も意味もぜんぶ捨てたいんだ。それが消えるってことなんだ。

せっかく会場の雰囲気にも慣れてきたのに、ぼくたちのあいだにはギスギスした空気がながれていた。こんなにかなしい土曜日を、たったひとりの友だちに与えてしまうのは、残りすくない人生にしてもかなしすぎる。

「ごめん、正直に言うよ。じつはぜんぶ、例の透明計画と関係してるんだ」

めぐるは目に涙をためたまま、キョトンと首をかしげた。

「そうなの？　どういうふうに？」

あたしを納得させろよ、とつぶらな目が訴えてくる。そのまなざしが、このあいだ夢に見た五歳の自分と重なった。ほんとはぼく自身が、いまこういう顔をしなくてはいけないのかもしれない。

「たとえばさっきのペンダントはね、むかし幼なじみのお姉さんが持っていたものだったんだ。なんでも貸してくれるお姉さんだったのに、あのペンダントだけはぜったいに貸してくれなかった。いつも首からさげていて、たまにコソコソながめるの。自慢するふうでもなく」

「ゆうちゃん、よく覚えてるね」

「うん。あのペンダントは、おもちゃを集めるうえで、ひとつの目標みたいなものだったんだ。手にしたときはほんとにうれしかったし、肌身離さず持ち歩いてたよ。めぐるも見たことがあると思うよ」

「赤いやつ？」

8
おもちゃを手放すということ

「そう」

めぐるは腕を組んでうなった。

「だから、手放す必要があったってこと？　ものをというか、思い入れを？」

「そう」

「安くても？」

「そう」

めぐるは、なんてこったと言わんばかりに天を仰いだ。

「うわーー、あたしやっとわかった！　透明になるって、ゆうちゃんのなかではそういうことなのか！　えーっ、でもうーーっ。ごめん、わからない。うまくゆうちゃんのことわかってあげられない。でも、撮る！　あたしそのためにここにいるんだもん！」

めぐるはとてもくるしそうに、ごつい一眼レフのレンズをぼくに向けた。ぼくはどういう表情でいればいいかわからないから、どういう顔もしないでいることにした。こんなぼくたちのことを、まわりのだれも見ていない。

「どう？」

何枚か撮り終えてからぼくがたずねると、めぐるはさっと画像を一瞥して言った。

「うーん、いまんとこふつうのゆうちゃん」

「えーっ」

ぼくはガッカリと肩を落とした。せっかく思い出の詰まった宝物を、たったの一〇〇〇円で売り払ったっていうのにさ。

9 いまがむかし

夏のてっぺんに行き着くまでのあいだに、ぼくは膨大にあったおもちゃの半分ほどをどこかしらに売り払った。おかげでいま、部屋はがらんとしている。同じだけ、こころもがらんとしている。つまり、計画はいたって順調ってことになる。

しかし、朝起きたばかりで部屋をながめていると、ぼくはどうしようもなくさみしくなる。そしてあれがない、これもないと、ひとつひとつの形を鮮明に思い描いてしまうのだ。これじゃあ手放した意味がないし、こんな自分がうっとおしくてたまらない。

めぐるは、できうる限りぼくと行動を共にし、写真を撮ってくれている。いまのところ、身体のどこかが透明に写ったというようなことはないようだけど。

ところで、おもちゃを手放すにつれ、わかってきたことがいくつかある。これはぼくにとって、それなりに意味のある収穫にちがいない。忘れないうちに、いくつか書き記しておこうと思う。

・痛いものと痛くないものについて

まず、手放すときに、痛いものと痛くないものがあるってことだ。

痛くないものは、ほとんどが貴重だから買ったとか、コンプリートしたいから買ったとか、コレクターとしての欲求で買ったものたちだ。だから、ちょっとばかし痛くたって、すぐに忘れることができる。なぜなら、その価値観っていうのは、特定のコミュニティーやメディアから持ってきたもので、もともとぼくの持ち物ではないからだ。つまり、いまあるうちでもっとも余計なものと言っていい。

一方で、痛いものはずっと痛い。自分の肉がえぐり取られたまま、永遠にふさがれないような痛みをぼくにもたらす。

コレクターとしての価値観とは正反対の、ぼくだけの価値観や欲求をもって手に入れたものたち。たいてい根っこにあるのは、子ども時代の思い出だ。記憶だ。

それに気がついてから、ぼくは特に、そういったものたちを優先して売りに出している。だってそれこそが、ぼくがもっとも捨てるべき部分にちがいないから。

9
いまがむかし

・なつかしいということばについて
それから、フリーマーケットに参加するたびに直面してきた、なつかしいという言葉への苛立ちについて。これは、めぐるとの会話であっさり理解することができた。

先週末のことだ。ぼくたちはフリーマーケットおわりでそのまま商店街のさびれた洋食屋に入り、いままでのことを整理していた。めずらしくものがたくさん売れたおかげで、ぼくはハンバーグ定食だけじゃなく、余裕をこいてデザートとビールまで注文していた。めぐるはぼくの向かいで、フリーマーケットで買ったばかりの手帳を広げ、会話のいちいちを細かく書き入れている。ちなみに今日も、コーヒーメーカーは売れなかったらしい。だからデザートはなし。

「なるほど、痛いものと痛くないものね。ほかには？」

「現時点でわかってるのはそれくらいかなあ。わからないことならもう一個あるけど」

ぼくがそう言うと、めぐるはさらさらと、子どもが気取って筆記体のまねをしているみたいな字で書いた。

『・わからない』

『・もういっこ』

「おーし、話してみ！」

こういうふうに促されると、とっとと崖から飛び降りろって言われているみたいでドギマギしちゃう。

一呼吸おいてから、ぼくは自分のペースで答えた。

「ずっと感じていたことなんだけど、おもちゃを見てなつかしいって言われるのがいやなんだ。でも、それがなんでかは、例によってわからない」

めぐるは得意げな顔で、力強く書きなぐった。

『・なつかしい　いや』

「いや、それどころじゃない。すごくイライラするんだよ。そういうやつには、ぜったいなにも売りたくないって思っちゃうんだ」

「えー、なら売らないってわけにいかないの。あたし、こないだのフリマで超むかつく男きたけど、売ってやんなかったよ。クレしんの水筒」

たしかに、しっしと客をあしらっているめぐるを、なんとなく見た覚えがある。

「そうしたいのはやまやまだけど、そういう気持ちもすべて、まるごと捨てたいんだ。なすがままになりたい」

『・まるごと　すてる　なすがまま』

そう書き入れながら、めぐるはうーんと首をかしげた。

9
いまがむかし

「なんとなく分かる気もするけど、やっぱりゆうちゃんの言葉を完璧にキャッチしてあげんのはむずいなあ」

「ぼくも自分がよくわかんない。いつものことだけど」

「わかりたい、という気持ちはある？」

「えー、うーん、それもわかんない」

めぐるのコップのなかの氷が、ずっこけたみたいにカランと鳴った。

「そっかあ……」

『わかんない』

めぐるはでかでかとそう書き、そのしたに赤いペンで強調線を書き入れた。

「でもさあ、なつかしいが腹立つっていうのは、実にあんたらしいとあたしは思うよ」

「ぼくらしい？　どうして？」

「だって、ゆうちゃんにとって、おもちゃっていまじゃん」

めぐるは、いつもこういうシンプルな言い方をする。うっかり飲み込んでしまってから、ぎゅっと胃が痛くなるのだ。

「みんなにとってはなつかしい、むかしのものでもさ。ゆうちゃんにとってはずっとずっといまじゃん」

「えー、ぼくのいまはむかしなの？」

混乱しているぼくに、めぐるはぴしゃりと冷水をかけるみたいに言った。

「しらねーよ。ゆうちゃんに聞け」


あれから、ぼくはめぐるに言われたことについてずっと考えている。けれど、いったいどういうことなのか、よくわからない。

そんななか、今日は久しぶりに買い付けの同行に行かせてもらった。ぼくとうしおくんにあまりに体力がないせいで、ここのところ買い付けは、元運動部のみずなくんと木野さんに任せっきりだったのだ。

夏場の買い付けは大変だよ、とは聞いていたけれど、ほんとに大変だった。服は汗でビショビショになるし、場所によってはクーラーがなかったりする。というより、ものが保管されている場所なんて、クーラーなんてないことがほとんどだ。

一件目の買い付けは、エレベーターのない団地の最上階にある、一人暮らしのおじいさんの部屋だった。正確には、一人暮らしのおじいさんが、つい十日ほどまえまで住んでいた部屋だ。部屋じゅう本が溢れかえっていて、うっすらと焼き芋みたいな、いままでに嗅いだことのない臭いが漂っている。

対応してくれた息子さんは、部屋を埋め尽くす大量の本のなかで、所在なさげに立ち尽くしていた。スーツ姿で、だらだらと汗をかいて、いかにも仕事を抜け出して来たって感じだ。

「おっきい店にも相談したんですけど、古すぎてだめだったんです。もしすこしでも値段のつくものがあったら、なんでも持ってってってください。どうせ全部捨てるんで。捨てるのもお金かかるんですよ、まったく」

まるで、どうしておれがこんな目に、とでも言いたげな口調だった。ぼくとオーナーはそうそうにTシャツの袖をまくって、タオルをおでこにまきつけ、黄ばんだ扇風機がたったひとつ稼働しているだけの部屋で作業をはじめた。

ぼくはオーナーが選んだ本を透明コンテナにまとめ、せっせとワゴンに運んでいかなくてはいけなかった。大量だ。それもエレベーターなしの五階だ。

「すごいですよ。しかるべき場所に保管されていなくてはいけないような貴重な本がたくさんある。それもほとんど初版だ。状態もいい」

男の人は、しかるべき場所についてピンときていないようだった。

「父は凝り性だったんです。本の中身というより、とにかく集めることが好きだったみたいで。ろくに働きもしないでこんなもんばっか買ってたんです。おれ、もう本の匂いなんて嗅ぐのもいやですよ。いまだに」

せっせと荷運びをするぼくの背後で、ふたりは団扇を扇ぎながらたのしげに話をしていて、たのむからぼくに麦茶くらいだしてくれ、と思う。でも言えないし、ついこのあいだまで生きていたひとが、明日にでも飲もうとしてこさえたものなんて、気持ち悪いとか思ってしまう。

コンテナを延々と運びながら、ぼくは顔すら見たことのないおじいさんの、いまとむかしについて考えてみた。

しかし、なにを考えたって、もはや無駄という気がする。だっておじいさん自身が、すでにむかしの人になってしまったのだから。

けれど、そんなむかしの存在が、いま現在のぼくの、生きる身体を苦しめている。へんなねじれだ。頭がくらくらする。

絶望的なことに、今日はそのあとも買い付けの予定が入っていた。

すっかりボロボロになりながら、いそいで牛丼をかきこんで、ぼくたちは早速つぎの買い付け先へ向かった。

「ぼく、もう重たいものなんて持てないですよ」

だって、どんぶりを持ち上げる手すら、痛くてたまらなかったほどだ。

9

いまがむかし

しかしオーナーはぼくの言うことなんて聞かず、ぶっといハンドルをけだるげに回しながら言った。

「そういや、最近はどうなんだ?」

「なにがですか」

「おもちゃ、やっぱ手放してんのか」

ぼくは、すでに赤になった信号を、ゆっくりと渡りきるおばあさんに気を取られているふりをして、わざと遅めに返事をした。

「まあ、はい」

オーナーは一緒になっておばあさんを目で追いながら言った。

「そうか。おれはなにも言わないけどな。なんか、いいほうに行くといいな」


二件目は、団地からそう遠くないところにある、なんの特徴もない一軒家だった。依頼をくれたのはこの家の娘さんだった。出産を機に実家の近くに越してきて、ついでに元いた自分の部屋を整理しようということらしい。

「じつは子どものころ両親が離婚してて、ここには母と祖母しか住んでないんです。わたしは経済的な理由で父のほうに行っちゃったんで。だから部屋も、三〇年まえに出てったころのまんまなんですよ。ちょっと引いちゃうくらい」

階段脇のふすまの向こうから、かすかにシューシューと人工呼吸器の音がしていた。

「あ、わたしの部屋はこちらです」

泣きたくなるほど急勾配の階段をあがっていったところに、女の人の部屋はあった。あとに続いて入っていったぼくは、その瞬間度肝を抜かれた。棚に並んでいるおもちゃも、学習机に置かれた漫画やサンリオグッズも、壁に貼られたポピンズのポスターも、すべてが八〇年代のまま止まっていたのだ。

ぼくは疲れているのもわすれて、部屋のあちこちに見入った。ちらっと見ただけで、三代目リカちゃんのマクドナルドショップがある。フラワーチャイルドのドールがある。チアリーチャムのコームがある。世代ではないけれど、どれも大好きなものだ。

「一〇歳ぐらいまではここにいたんですけどね。なかなか実家に帰ってきても整理とかってする時間なくて。でも子どもも生まれたし、いい機会だからすっきりさせようかなって。そしたら、あたしが働いてるときは、子どもがここで遊べるし」

「わ、いちごのお家だ！」

ぼくは女の人のおしゃべりをぶったぎってさけんだ。だって、ぼくがずっとずっと恋い焦がれていた、ボタンノーズのいちご夢のお家が、棚のうえにちょこんと置かれてい

9

いまがむかし

たんだもの。

「もしかして、こういうのお許しいんですか？」

「はい、ちょっとだけ……」

ぼくははっと正気にかえり、控えめに答えた。それを聞いて、部屋の入り口に立っていたオーナーがあははは、とうそっぽく笑った。ぼくは殺意を覚えた。

「あたしたち世代のおもちゃって、いまふつーに価値とかあるんですね。あたしのなかではレアなおもちゃって、ブリキとかそういうイメージだったんで、ちょっとびっくり」

「この年代の女の子もののおもちゃは、なかなか現存数が少ないみたいで、ある意味男の子ターゲットのものより熾烈なんです」

「熾烈！　あはは、なら呼んでよかった。なんでも持ってってください」

女の人はほっとした顔で笑いながら言った。でもぼくは、シールの剝がれかけたいちごのお家の屋根を撫でながら、ちょっと胸がちくちくしていた。

「こういうことを言ったら変かもしれないですけど、思い入れのあるものでしょうし、たとえば、いくつかお選びになって、手元に残しておくとかってどうでしょうか」

「うーん……」

女の人は困ったように微笑んだ。

「いや、ちょっとでも値段がつくならぜひ持って行ってほしいです。子育てって、いろいろお金がかかるんですよ。あたし、シングルだし」

ぼくは、ひどく押し付けがましいことを言ってしまったみたいだった。

「わかりました。では、あの、査定に入らせていただきます」

それからぼくは、予定していたよりもずっと長い時間をかけて、部屋じゅうのものをオーナーと査定していった。一九八五年のまま停止していた部屋の空気が、みるみる時間というものに漂白されていく。まるでスノーグローブが割れて、なかを満たしていた水や雪の粒が一瞬のうちにこぼれてしまうみたいに。

こわれたスノーグローブが、元に戻ることは決してない。ぬいぐるみたちは、ふいに揺り起こされたみたいに、ぼんやりとコンテナにおさまっている。

最後に、ぼくはいちごのお家に値段をつけた。オーナーが渋るくらい、とびきり高い値段をつけてやった。だけど値段なんて、と思う。ずっとこの部屋に、ずっとむかしにいたらいいのに。

隣の部屋からは、赤ちゃんの泣き声が聞こえてくる。まるでこっちこっちと手招きをして、滞っていた部屋の時間を、ただしい地点へ導こうとしているような声だった。

ぼくには、それが不快でたまらなかった。

10 ぼくもポケモンがほしい

いったいどうしてぼくはいまを生きなくなったんだろう。

すぐに思い当たるのは、六歳のとき。小学校へ入学した年だ。

一年生になった気分は、はっきり言って最悪だった。黒光りするランドセルは濡れたあざらしみたいでこわかったし、女の子用の赤いのはおばあちゃんの使ってる朱肉みたいに見えた。どうして、ダイエーで買ってもらった、けろけろけろっぴのリュックではいけないんだろう。

しかし、当時はうまく言葉にすることができなくて、「きっと赤いランドセルがよかったのね、ゆうちゃんは女の子になりたいのね」なんて言葉をまえに、なにも反論することができなかった。だってあのころ、ぼくはたったの六歳だったのだから。

そうやって憐れまれたり、嗤《わら》われたりすることの積み重ねで、ぼくはだんだんと口をつぐむ子どもになっていった。黙ってうつむいていれば、危険なことはない。だれにもおびやかされることなく、なにも自分をねじまげられることはない。

クラスではちょうどポケモンが流行っていた。男の子たちだけじゃなく、幼稚園で仲が良かった女の子たちもみんなのめりこんでいて、だれも一緒におままごとなんてしてくれなくなった。当然セーラームーンごっこもだ。

ぼくはピカチュウなんてしねしね、しんじゃえ、と思いながら、はやく土曜日にならないかなあ、とそればかり考えていた。土曜日になれば、テレビでセーラームーンが観られる。そうしたらまた、一週間元気でいられる。

長いお昼休みは、一日のなかでもっとも憂鬱な時間だった。だれにも気づかれないよう校庭へでていって、体育倉庫の裏の茂みに隠れ、そこでじっと時が過ぎるのを待つ。子どものぼくにとって、お昼休みの四〇分は永遠だった。ナイルのはじまりからおわりまでを、ちんたらボートで流れていくみたいな時間だった。

忘れられない出来事がある。

ある日、ぼくが学校から帰ると、夜勤明けの父がひとり、リビングでプラモデルを作っていた。母は妹のバレエ教室の付き添いかなにかで外に出ていて、家のなかにはほか

10
ぼくもポケモンがほしい

にだれもいなかった。

父とふたりきりになるのは苦手だった。まっとうな男である父と、どうコミュニケーションをとったらいいかわからなかったし、筋肉の盛り上がった肉体や、プラモデルという趣味でさえ、ぼくへの当てつけみたいに思えたから。

父は黙々と作業に取り組んでいた。ぼくは無言でいることに耐えられなくなり、聞きかじりの知識をめいっぱい薄めて伸ばすように、ポケモンの話をしはじめた。ピカチュウっていうのがいて、サトシっていうのがいて、旅をしながら、いろんなポケモンと戦うんだよ。つよくなったらどんどんえらくなって、ポケモンマスター（なんだそれ）っていうのになれるんだよ。

父は適当にほおーとか言いながらぼくの話を聞いていた。めずらしくはきはきと口を動かしたぼくは、頬の筋肉が痛くなっていた。

すっかり疲れたぼくは、「ぼくもポケモンがほしいなあ」という、なんでもないひとことで話を締めくくった。そのあとの沈黙は、狸寝入りでごまかせばいい。

しかし父は、とつぜんプラモデルを作る手を止めて言った。

「ほんとか。おまえポケモンほしいのか」

ぼくはどう返事をしたらいいかわからないまま答えた。

「うん、ほしいよ」

ちょうどいまみたいな夕暮れどきだった。父とぼくは近所のゲームショップへ向かって、ぐんぐんペダルを漕ぎはじめた。猛スピードで進んでいく父の背中を必死で追いかけながら、ぼくは混乱しつづけていた。おだやかでのんびりした父が、そんなに激しく自転車を漕ぐなんて、天変地異かなにかが起きたみたいだったのだ。

やがてぼくたちは信号につかまった。近所で有名な、すぐ赤になる、きらわれものの信号だった。そのとき、やっと父に追いついたぼくは、ふと父の顔を覗きこんでみた。

父は見たこともないほどの笑顔だった。希望にみちみちた顔をしていた。

それまで、父はぼくの好きなもののことを、どうとか言ったりはしなかった。だけど、そのときぼくは思い知ってしまった。父にこういう顔をさせているのは、ぼくのなかのどいつだ。ぼくのなかのだれだ。

父は、ショーケースに飾られていたポケモンのソフトと、ゲームボーイ本体と、友だちと遊ぶための通信ケーブルをすべてセットで買ってくれた。特売のラックにはセーラームーンのゲームが売られていて、あっちがいいなあ、あっちがほしいなあと切に思う。だけどまさか、口にしたりはできない。今日ばかりはできない。

店にたむろしていた少年たちが、羨望の目でぼくを見ている。レジの店員さんも、い

10
ぼくもポケモンがほしい

かにも微笑ましげな顔をしていた。父は相変わらず笑顔、ぼくひとりだけが、なんかうつむいてしまっている。

「めぐる、わかったよ、六歳だったよ。ぼくのいまがむかしになったのは」

待ち合わせ場所の芝公園で、めぐるは大の字になって寝ころがっていた。

「へえ、六歳なんだあ」

ぼんやりした目のまま、とりあえずキャッチしてくれためぐるに、ぼくは怒濤のごとく話した。小学校のこと、休み時間のこと、ポケモンのこと。そして父のこと。

めぐるはうんうんうん、と優秀なオペレーターみたく適切に話を飲み込んでからたずねた。

「それであーた、結局ゲームはやったの?」

ぼくは首をはげしく横にふった。

「ううん、まともに遊んでたのはせいぜい三日ぐらいだった」

「えーっ、どうして?」

「こわい森のせい」

「そんなのあったっけ? おばけいた?」

「おばけよりやばい。とにかく薄暗くて、いもむしと毛虫がいっぱい出てきたの。そこでもうアウト。いっさい進めなくなっちゃった」

「あはー、そうかーキャタピーこわかったかー六歳のゆうちゃん」

めぐるはシリアスなぼくを置き去りにしてめちゃくちゃ笑った。それにしても、あのいもむしキャタピーっていうんだ。

「でも、買ってもらってすぐ放り出すわけにもいかないから、しかたなく出発点に帰ってうろうろしてたんだ。おうちでお母さんに話しかけても、がんばってねみたいなことしか言ってくれなくて、ほんとにヒマしちゃったな」

「あはは、ばかー」

しかしそれも数週間しか持たず、ゲームボーイは部屋で埃をかぶり、通信ケーブルはどこに繋がれることもないまま、引き出しのなかへ放り込まれたのだった。いま思うと、どこにも繋がれない通信ケーブルって、まるでぼくの人生みたいだ。

父はそのことに気づいていたはずだけど、やっぱりなにも言わなかった。言わないでいてくれた。けれど、ぼくは勝手にくるしかった。だって、あの日、赤信号のまえで、あんなにうれしそうに笑ってたじゃん。ほんとは、こんな息子で残念なんでしょう。どうなの。

その答えを引き出すために、あるときからぼくは父を避けはじめた。徹底的にだ。そ

10

ぼくもポケモンがほしい

してとうとう、そんな父から逃げるように東京へ出てきてしまった。

「とにかく六歳は最悪の年だったんだよ。あげくのはてに、学期末にはセーラームーンが終わっちゃった」

はっきり覚えてる。ブラウン管にピンクの文字で『おしまい』って出たこと。

「だから、まちがいない。一九九六年、あの森のなかで、ぼくのいまは終わったんだ。そして七歳も八歳も九歳もずっとうしろを向いてセーラームーンと一緒に過ごしたんだ」

「そっかあ、ポケモンとセーラームーンのバトンタッチかあ。たしかにあたしも、あたしの周りの女の子たちもそうだったなあ。ゆうちゃんはそのバトン、うまくキャッチできなかったっつーか、いらなかったんだね。バトンそのものが」

「そう。だっていもむしや毛虫だよ。いま考えても、ゲエーッてなるもん」

「いもむしじゃない。キャタピー。毛虫じゃない。ビードル」

めぐるはキッとした顔で言った。

「ごめん」

ぼくはちょっとひるむ。

「ちなみに、そのゲームってまだ残ってる？」

「まさか。反抗期だったときに捨てちゃったよ。パパの目の前で」

「うっそー！　ゆうちゃんひどい。なんでそんなことしたの。パパどうしてた？」

「そうかあ、もういらないかあって、すごくかなしそうだった」

自分で言っていて落ちこむ。なんて息子だろう。

「パパ、かわいそうだったね。でも、ゆうちゃんも精一杯だったね」

「うん」

ぼくは胸がくるしくなった。ずっとだれかに、できればパパに、そう言ってほしかった気がする。

「じゃあ今日は、いっちょ秋葉原にでも行ってみるか」

めぐるはそう言って起きあがり、颯爽と自転車にまたがった。ぼくはあわてて横に倒しておいた自転車を起こして言った。

「え、どうして？　海を見にいくんじゃなかったの」

「海はずっと海んとこにあるから今度ね。今日はポケモン買いにいこ。そんで、今度こそクリアしてみようよ。トキワの森……キャタピーのいる森は、あたしが助けてあげるからさ」

ぼくもポケモンがほしい

ぼくは全身がカーッとあつくなった。すごい、なにかすごいことが、はじまりそうだ。しかしその熱が、ぼくは一方ですこしこわくもあった。

「でもいいのかな、透明計画にさしつかえないだろうか」

「えー、いいんじゃない？　ポケモンがしこりになって、透明になれなかったらこまるじゃん！」

「でも……」

背後にそびえ立つ東京タワーが、じわりじわりと点灯しはじめていた。あれが真っ赤になったら、もうなにも間に合わない気がする。

「よーしわかった、行こう、秋葉原！」

めぐるはうれしそうに微笑んだ。

「おっけー！　それでこそゆうちゃんだ！　あ、でもトキワの森以外のとこはゆうちゃんが、ゆうちゃんの脚で行くんだからね」

「うん、わかった！」

そうしてぼくたちは、芝公園から丸の内までつっきり、日本橋を抜けて秋葉原へ急いだ。まるで火のついた導火線のうえを、きっと逃げ切れるとわかっていながら、わざとこわがってみせるみたいな態度で。

けど、なんかへんだ。めぐるはともかく、ぼくってこんなに勇敢だったっけ。

大量に出回っていたせいか、ポケモンのゲームは大通りのゲームショップであっさりと見つかった。ゲームボーイ本体も、あの日父に買ってもらったものと同じグレーでばっちり揃えた。ちょっと値がはったけれど、このさいいい。

「はい、こっち見て」

めぐるはゲームショップのまえで、ゲームボーイを片手に引きつり笑いのぼくをばっちりカメラにおさめた。

それからコンビニで電池を買い、沿道の柵に腰掛けて電源を入れると、ピコーンというなつかしい音がした。当時のぼくにとってそれは、男の子たちの文明に踏み入るまえの、警告音みたいなものだった。その緊張感は、黒いランドセルを背負って教室の敷居をまたぐときにも似ていた。いまだにこんなにこわいなんて。こんなに緊張するなんて。

ぼくたちはぜんぜん人のいないデニーズに入って、大盛りのフライドポテトをたべながら、なるべくリラックスした状態でゲームをはじめた。

ゲームをはじめてみて、まず最初におどろいたのは、ちいさいってことだった。ゲー

10
ぼくもポケモンがほしい

ムボーイ自体、モニター自体もそうだけれど、世界がぜんぶちいさい。窮屈そうな街並みや、ぎこちなく風に揺れるドットの粗い草。すれちがう人たちも、ポケモンもみんな、すべてがちいさい。えーなにこれ、ちいせー、ぜんぶかわいいじゃん、なにこれ。

さすがにいもむしと毛虫はかわいいとは思えなかったけれど、それ以外はすべてがかわいかった。そして、たのしかった。わくわくした。男の子たち、女の子たちも、ぼくを置き去りにして、こんなにたのしいことしてたの。

いやちがう。置き去りにされたんじゃない。だれかに突っぱねられたのでもない。ぼくだ。ぼくが行かなかったんだ。森の向こうがわの世界へ、一九九六年以降の世界へどんどん遠ざかっていくみんなの足音を、ただ聞いている、ただ見送ることにしたのはぼくだ。時を止めたのはぼくだ。トキワの森を永遠にしたのはぼくだ。

ぼくはいつしか、夢中になってポケモンをやっていた。めぐるは携帯で攻略サイトをながめながら、あれやこれや指示を出してくれた。わりと熱血って感じだった。ぼくも熱くなっていたから、いちど口論になりかけた。

さすがにその日じゅうにはクリアすることはできず、一週間まるまるかかってようやくぼくとサトシくんはポケモンマスターになった。人生でまさかポケモンマスターになるなんて、思いもよらなかった。

最後にスタッフのクレジットがながれたとき、ぼくの感動はピークに達し、あのころこれを作った大人たちの、二〇年後のぼくにまで届くような愛や誠意に、ありがとう、ほんとにありがとうという気持ちになった。ありがとう。パパもありがとう。

すべて見終えて、ふたたびオープニング画面に戻ったゲームボーイをたいせつに撫でながら、ぼくはふと、どこにも繋がれることのないまま捨てられていったコードを想った。コードごめんね。使ってやれなくてごめん。だけど、あのコードは、もしかしたらいまこの瞬間のぼくとつながっていたんじゃないか。

ぼくは目に見えないコードを摑んでみる。

聞こえますか。六歳のぼく、聞こえますか。

まったくの想像だけれど、こんなちいさなゲームボーイを、必死で摑んでいたあのころの自分の手が、コードのもう一端をぎゅっと握っている気がした。

聞こえるよ。未来のぼく、聞こえるよ。

だけどぼくは、こんなハッピーエンドを、ぜったいにおしえてやるもんかと思う。

「めぐる、おわったよ。ぼくとサトシくん、ポケモンマスターになれた!」

電話口でさけぶと、めぐるは一緒になって「ばんざーーい!」とさけんだ。耳がキーンとなるくらい。

「で、どう、感想は?」

「わかんない!　だけど、なにかおおきな動きが、こころのなかではあった気がする!」

「それは超いい!　まじ最高のやつ!」

「だよね、ぼくもそう思う!」

するとめぐるは言った。

「じつはね、あたしからも一個、いい知らせがあるんだ。知りたい?」

「えー、なになに、知りたい!」

めぐるはふふ、と含み笑いをして、たっぷりもったいぶってから答えた。

「こないだ、ゲーム屋さんのまえで写真撮ったでしょ。あれをいま現像したんだけどね……」

「なになに、おばけいた?」

「ううん。おばけよりすごいよ。なんとゆうちゃん、身体のはんぶんが透き通ってたの!」

「え?」

ぼくはびっくりして聞き返した。

「それってつまり……」

「そう！　透明に近づいてるってこと！」

ぼくはずっとこの瞬間を待ち望んでいたはずだった。

だけどなんでか、こころがヒューンとつめたくなる。

なんでだろう。

どうしてだろう。

11 結局ぼくたち消えたくなってる

このところぼくの透明化はますます順調にすすんでいる。めぐるの話では、もう片方の脚もうっすらと見えなくなっているらしい。

もうじき消える。すこしの匂いや気配、かすり傷のような記憶をあたりに薄く残して、ぼくは消える。あーよかった。これでやっと世界と、ぼく自身とおさらばだ。せいせいする。

鏡を見ると、こころなしか顔がいきいきしている。終わりが近づいてやっと、安心していのちが輝きだしたみたいに。

ちょっとおそい。

ここ数日、ぼくはわざわざバイトを休んで、本腰を入れて部屋のおもちゃたちを処分している。ちまちま売っていたんじゃ、もう間に合わないかもしれないから。

昨日はなじみのコレクターショップにわざわざワゴンで出向いてもらって、パワーショベルでえぐりとるみたいにいろいろ持っていってもらった。消えるってことをまえにしたら、ちょっとした胸の痛みなんてもうなんでもない。

「いいです」「持っていってください」「どうぞ」

ぼくはそればかりをロボットのように繰り返した。いや、近ごろはロボットだってもっと丁寧かもしれない。

そうだロボットじゃない。ぼくはロボットみたく修繕されることも、更新されることもないままおわるのだ。

しかしそんなぼくでも、どうしても手放せなかったものがいくつかあった。

もうすこしあるけれど、ざっとまとめるとこんな感じだ。

・「セーラークリスタル」という食玩《しょくがん》の、変身ブローチ型コインケース
・くじびきの景品だったキーホルダー
・「ムーンクリスタルルーレット」というゲームの景品だったジャンボカードダス
・時空の鍵のペンダントと、そのケース

・ガシャポンの景品だったぬいぐるみ
・コロちゃんパックのカセットテープ

以上、すべてセーラームーンのものだ。

そして、やっぱり記憶と深くむすびついている。

たとえば変身ブローチのコインケースは、生まれてはじめて母に買ってもらったおもちゃだった。

一九九三年、遅生まれのぼくが三歳になったばかりの春、セーラームーンに出会った。

母はおままごとから、とうとう本格的に女の子もののアニメに熱狂しはじめたぼくに戸惑っていた。おもちゃ屋さんへ行っても、しっかりとぼくの手を握ったまま、男の子もののエアガンやプラモデルのコーナーをうろつき、世界にそれだけしかないみたいに振る舞うばかり。

ぼくは男の子向けのおもちゃコーナーが苦手だった。血のような赤や黒、気の滅入るコンクリートみたいなグレー、おぞましいかいじゅう、表情のないロボットたち。

とおくにはカラフルな女の子向けコーナーが桃源郷のようにかがやいていて、どうしてママはあそこへ行かないんだろう、あそこはおもしろそうなのに、と不思議だった。

でも、なんだか口にはできなかった。

だけどある日、目ざといぼくはスーパーのお菓子売り場で見つけてしまった。セーラームーンの、ブローチ型コインケースのついたラムネを。

未知の扉が開いて、望んでいた世界線へアクセスしてしまったみたいな瞬間だった。パッケージのセーラームーンのイラストが、とても凜々しかったことを覚えている。

あのとき、千葉にあった忠実屋の地下のお菓子売り場で、ぼくは母の人生を変えてしまったと思う。ねじまげてしまったと思う。もちろん父の人生も。自分自身の人生もだ。しかしいまになって思うと、やっぱりこれを手にすることができた人生でよかったかもしれない。たとえバッドエンドが待っていたとしてもだ。だって、こんなにかわいいんだもの。すてきなんだもの。母や父に対しては、やっぱりごめんなさいと思うけど。

ほかのものも同様に、三歳から六歳のあいだに家族から買い与えてもらったものたちだ。

ジャンボカードダスは、同居している父方の祖父が、めずらしくおつかいに連れていってくれた先で一回だけやらせてくれたゲームの景品だった。三歳の、半袖を着ていたからたぶん夏のできごとだ。

祖父はとても無口で、むかしからなにを考えているかよくわからない人だった。誕生

11
結局ぼくたち消えたくなってる

日やクリスマスにはぼくの好きなものを買ってくれたけれど、そのことをどう思っているかはわからなかった。

そんな祖父が、はずかしそうに笑いながら、あの日ゲームをやらせてくれた。ウキウキしちゃうようなリズムに乗って、変身ブローチ型のハンドルをふたりでぐるぐる回して。

しかしそのときはゲームに負けて、ぼくは景品をゲットすることができなかった。だからこのカードダスは、最近になって骨董市で手に入れたものだ。なぜなら、祖父と出かけたあの日のことを、ぜったいに忘れたくなかったから。すごくすごくうれしかったから。


それからくじびきの景品は、幼稚園で男の子たちにいじめられてばかりいた四歳の夏、ほしくてたまらないのに、ほしいって言うのがわるいことみたいに思えてしまって、おまつりの縁日の出店から盗もうとしたものだ。すぐに父に見つかって、ぼくは人の行き交う出店のまえでめちゃくちゃ怒られた。

父は怒っていた。人が煙たがるのも構わず真剣に怒っていた。それは盗みを働こうとしたことに対してで、セーラームーンのくじびきをほしがったからでは決してなかった。

そのことを痛いほどわかっていたのに、わからないふりをしてしまった。いまもしている。だって、こんなに自分は変なのだから、愛されていないというほうが、つじつまが合ってしまうんだもの。

ぼくは今日もまよって、それらを大切に箱にしまった。ひめちゃんの桃とりんご、めぐるのくれたなんか犬のやつ、そしてゲームボーイと一緒に。

片付けなくてはいけないのはおもちゃばかりではない。雑貨や調味料、服や本なんかもどうにかしなくてはいけない。

キッチンまわりを一気に片付けたら、こんどは服をまるごと捨てて、最後に本に取り掛かった。とっくに透き通っているはずの身体で汗をかいて、筋肉をきしませながら、いくつもの本や雑誌をスズランテープで縛っていく。

すると、まとめて保管してあったセーラームーン関連の雑誌のあいだに、異質な本がまぎれこんでいた。一九九五年発行の、ふるいゲーム雑誌だ。

ぼくはゲームなんて趣味じゃない。ポケモンだって二〇年経ってやっとクリアしたほどだ。

11
結局ぼくたち消えたくなってる

けれど、ぱらぱらめくっていたら、じんわり染み出すように記憶が蘇ってきた。

子ども時代を語るうえで、かかせない存在がひとりいる。

さくちゃんだ。さくちゃんは、ぼくよりひとつ年下の幼なじみだった。

彼はぼくとおなじ、セーラームーンや、きらめくものを愛する男の子だった。ただしぼくとちがって、きらめくものばかりに固執していたわけじゃない。男の子向けのゲームや、鬼ごっこもぜんぶすきで、そのなかにセーラームーンも含まれているって感じだった。

そしてもうひとつぼくとちがっていたのは、彼はセーラームーンを愛することを、家族から固く禁じられていたってことだ。

ぼくたちは近所の子どもで溢れかえった空き地や公園なんかではぜったいにあそばなかった。学区外の、知っているひとのだれもいないおばけ団地の茂みにひみつきちをつくって、いつもそこで、めいっぱい息継ぎをするみたいにセーラームーンごっこをしたり、飽きるまでセーラームーンの話をした。

「ゆうくん、スターシードってガラスなのかな。どうしておでこから出てくるのかな」

さくちゃんはいつも、切羽《せっぱ》詰まった顔で、おっかなびっくり言う。

ちなみにスターシードっていうのは、セーラームーンの世界における、人間のたましいの結晶みたいなものだ。

ぼくはお小遣いで集めたセーラームーンの資料集やコミックスをしらみつぶしに調べて、さくちゃんの疑問に答える努力をした。スターシードが何製か、どうしておでこから出てくるかはわからなかったけど、そういうときは話し合って、ぼくらなりの結論をだした。

「きっと宝石だよ。だけど、ふつうにはない宝石なんだよ。買えたらこまるもの」

ある日、さくちゃんはひみつきちに、興奮した目で一冊の雑誌を持ってきた。小学生向けのゲーム雑誌だった。「ゆうくん、ここにセーラームーンがのってるよ。お母さんにも、お兄ちゃんにもないしょだよ。ほら」

見せてもらうと、モノクロページの半分のスペースを使って、セーラームーンのゲームが紹介されていた。サイズでいうと二センチ四方の、ごくちいさなイラストつきで。

「ゆうくんも見たかったら貸してあげてもいいよ」

こんなちいさな写真をひとりでこそこそ愛《め》でているさくちゃんが哀しかった。そんなに大切なものを、わざわざぼくに貸してくれるやさしさが痛かった。

11
結局ぼくたち消えたくなってる

ゲーム雑誌のお返しに、ぼくはさくちゃんに、ポケットに入るようなちいさな絵本を貸した。セーラームーンのひみつがいろいろと載っている、ちょっとした辞典みたいな絵本だ。

まさかそのせいで、親どうしのひどいケンカが起こり、二度と遊べなくなることもしらないで。


フェイスブックで検索してみると、さくちゃんはあっさり見つかった。うっすらヒゲが生えて、すっかり青年になってしまっているけれど、キツネみたいな細い目とか、チワワみたいにちいさな鼻とか、さくちゃんはさくちゃんのままだった。笑っちゃうくらい。

ぼくはすこし迷って、メッセージを送ってみることにした。

「さくちゃん、お久しぶりです。裕一郎です。いつか借りた雑誌が本棚から出てきたので、よかったら返したいです。ついでにお茶でもどうですか」

おそるおそる送信して、返事がきたのはほんの三〇分後だった。びっくりしたけど、でもなんかそんな気もしていた。

「うそ、まじでゆうくんなの。こっちが借りた絵本は捨てられちゃって、もうどこにもないけど、それでもよければ会おう」

それからぼくはいっさい片付けが手につかなくなり、買ってきた梅酒を飲みながらセーラームーンのコミックスや、当時のアニメ雑誌を読みつづけた。目を閉じると、さくちゃんと遊んだ日々が、スナップ写真みたいにふわふわ浮かんでくる。

さくちゃんはあれから、どういう時間を生きてきたんだろう。


「最悪だよ」

その二日後、約二〇年ぶりに再会した新宿の居酒屋のカウンターで、さくちゃんは顔を合わせるなり言った。

「あれから最悪なことしかなかった。いまも最悪だし、家族も仕事も友だちもぜんぶ最悪。もうしにたいし、消えたい」

ぼくは消えたいという言葉にどきっとしながら答えた。

「それってすごいね」なにがだろ。

さくちゃんはいま、江古田《えごた》で一人暮らしをしていて、仕事は建築関係のデザインをやっているらしい。仕事の内容自体はそこそこ気に入っているというけれど、職場の人間関係も、長すぎる拘束時間も、すべてがいやでたまらないらしい。疲れているせいか、顔はどこか青白く、生気がなかった。ぼくも人のこと言えないだろうけど。

「ついでに言うと、ぼくは思想的にも右寄りなんだ」

とつぜんそう言われて、びっくりして「なんで?」なんて聞いてしまった。

「簡単だよ。自分をとっちめるのにちょうどいいから」

そう言ってさくちゃんは、届いたからあげに、憎々しげな顔でレモンをしぼった。うらぶれた雰囲気だけど、手元には二杯目のクリームソーダが置かれている。

「ゆうくんのほうはあれからどうだったの」

ぼくはそのまんまを答えた。

「おなじく最悪だったよ。具体的に言うとセーラームーンが終わってからずっと最悪だった。それでぼくも、とうとう消えたいとか思ってるし、もうじきほんとに消えるつもり。だから最後に、さくちゃんに会っておきたかったんだ」

冗談だと思ったのか、さくちゃんは軽く鼻で笑っただけで、ぼくの言葉を受け流した。なんだよ、冗談だとしたら、すごくいけてないじゃないか。

「あのさあ、ゆうくん」

「なに?」

「まだセーラームーン、好き?」

さくちゃんはあのころみたく、おっかなびっくり窺うように言った。

「当たり前だよ。きらいになんてなりっこない！」

ぼくがそう言うと、さくちゃんはようやくうっすらと笑顔を見せてくれた。

「ああよかった。こっちもずっとセーラームーン好きだよ。たぶん一生好きだと思う」

ぼくたちは思わず女の子どうしみたいなハグをして、やりそびれていた乾杯をした。


「そうだ、本。二〇年ぶりだけど、貸してくれてありがとう」

そう言って袋に入れてきた本を渡すと、さくちゃんは早速取り出してぱらぱらとページをめくった。そしてたどり着いたセーラームーンのページを、複雑そうにながめた。

「ずーっと謝りたかったんだよね、ぼく」

「なにを？」

「あのときのこと。覚えてるでしょ？　ぼくのせいであんなおおごとになって、ほんとにごめん」

「べつにいいよ。ぼくも迂闊なことしてごめん。それにしても、母親どうしがあんな喧嘩するとは思わなかったな」

「ねー。うちのお母さんはいつもあんな調子だったけど、あのときお兄ちゃんが、はじめてハッキリ言ったんだよね。さくが裕一郎みたくなる、おかまになるって」

さくちゃんのお兄さんは、近所の子どもたちみんなのお兄さんみたいな存在だった。ぼくに対してもやさしくて、同級生にいじめられていると守ってくれたりした。だけど、ほんとはそうだったのか。ほんとはそう思ってたのか。

ぼくはさくちゃんが目の前にいることも忘れて、ついそればかり考えてしまいそうになる。

「ぼく、お兄ちゃんっ子だったでしょ。だからお兄ちゃんだけはいつも味方してくれるって思ってたんだよね。けどちがったの。それがはっきりわかったんだよなあ、あのとき」

「お兄さん元気？　お母さんも」

「ふん、知らない。どうでもいい、あんな人たち。もうほとんど口もきいてないよ。とくにお兄ちゃんとは、もう一〇年以上話してない。ぼくのなかでは完全に敵だから」

そう言って、さくちゃんは三杯目のジンジャーエールをぐいっと飲みほした。ぼくもテーブルに届いたばかりの熱燗《あつかん》といっしょに、タコのさしみを口に放りこむ。

「ゆうくん、結構お酒飲めるんだね」

さくちゃんは、ちょっと軽蔑するような感じで言った。ぼくはなぜかどぎまぎしながら、うん、とか返事をする。

「あのころ、ゆうくんと遊んでるのがいちばんたのしかった。ふたりでさ、通りがかった知らないおじさんを敵に見立てて、とおくから攻撃したよね。ぼくがちびムーンでペガサスを呼んで、ゆうくんがセーラームーンで、木の枝でムーンゴージャスメディテイションするの。おじさん、めちゃくちゃこっち睨んでさ」

「ブランコでダブルセーラームーンキックの練習したりもしたね。あとはもう、ずっとセーラームーンの話ばっか」

「そうそう。ゆうくんがセーラームーンのおもちゃ買ってもらえるの、いつも羨ましかった。ぼく、いまでも欲しいものたくさんあるよ。プレミアついちゃって買えないけど」

しかし買ってもらおうがもらえまいが、結局こうして東京で、ぼくたちふたり消えたくなってる。


三時間たっぷり話して居酒屋を出ると、ぼくたちは会話のようで、会話じゃないみたいな話を途切れ途切れにしながら、長い高架下のトンネルを西武線に向かって歩いた。暗闇の向こうで、新大久保のネオンがはげしく点滅しているのが見える。なんだか天国みたい。

「ねえゆうくん、もし子どもに戻れたらどうする？」

真っ暗なトンネルのなかで、さくちゃんは寝言みたいにふわふわ言った。

「とりあえずおもちゃ屋さんに行って買い物するかな。あとゆうえんちでセーラームーンショー見たい。そんで幼稚園にはいかない。小学校にもいかない」

「ぼくもおもちゃ屋さんでなにもかも買う。タリスマンもリップロッドも買う。お兄ちゃんとお母さんが文句言ったら、ぶん殴ってでも黙らせる。ころしたっていい」

威勢のいいバイクの音が、ぶおんぶおんトンネルに響いている。いたずら書きのされた壁が、音に合わせて稲妻のように光る。

さくちゃんはバイクの音に負けないよう、すこし声を張って言った。

「ぼく、子どもに戻りたい。戻って、子ども時代をやり直したい。だってちっとも満足してないもん。やりたいことも、ほしいものもたくさんあったのに、なにひとつやらせてもらえなかった」

バイクが過ぎていっても、さくちゃんの声はおおきいままだった。

「それに、ゆうくんとだってもっと遊んでたかった。ぼくたち二人でいたら、あれからなにがあったって最強だったよ。ぜったいだれにも負けなかったよ。セーラームーンみたいに」

ぼくはさくちゃんともう、二度とあそべないとわかった日の風景を、がらんとした部屋のなかを思い出していた。

そうだ。ぼくも子どもの時代に、ちっとも満足なんてしていない。みんなにいじめられて、おびえて縮こまって、かなしいことばかりの子ども時代なんて冗談じゃない。さくちゃんとだって、ほんとはもっともっと遊んでいたかった。ずっとずっとセーラームーンごっこしてたかった。

「あのころみたく手をつないだら、セーラーテレポートできるかな」

ぼくが言うと、さくちゃんは吐き捨てるようにつめたく笑った。

「むりにきまってんじゃん。だってゆうくん、お酒のんでたじゃん。おとなになっちゃってるじゃん」

頭上を、野太い山手線がさけぶみたいに走っていく。

「なんでだよ。ゆうくん、なんでお酒なんかのむんだよ」

ぼくは、どうしてもさくちゃんのほうを見ることができなかった。

12 二〇〇一年愛のうた

さくちゃんとは、あれから毎日ラインで子どものころの話をしている。いやだったこと、かなしかったこと、なんとも思わなかったこと、日の傾いた空き地の景色や匂い。あそんだ日の記憶を照らし合わせたとき、お互いの記憶がきちんと嚙みあうと、ぼくたちはいちいちはしゃいでしまう。

だって忘れたくなかったんだよ。忘れたくないから、さくちゃんと会えなくなってからもずっと、何回も何回も思い返していたんだよ。砂金のようにささやかで、たいせつなぼくたちの子ども時代。さくちゃんといれば、ぼくは永遠に五歳の子どもでいられる。セーラームーンが終わらなかった世界に、ずっといられる。

さくちゃんとラインを飛ばしあうなかで、ただひとつ忘れていたことがあった。

「そういえばゆうくんちいくといつも聴かせてくれたレコード、あったよね。なんのうただったんだろうあれ」

まったくピンとこなかった。なにそれ？

「えー、どんなうた？」

「未来のうた。あかるいうただよ」

そこまで言われて、ぼくはやっと思いだした。「2001年愛の詩」だ。


幼稚園のころ、レイアースの海ちゃんになりきって物置きを探険していたら、父が青年だったころに集めていたレコードの束を見つけたことがあった。カセットテープやCDしか知らなかったぼくは、そのうすっぺらい巨大なドーナツ型が、いったいなんであるのかもわからなかった。

父にたずねると、盤面の溝を針がなぞると音がでるという。それを聞いて、ぼくはただおそろしかった。なにか悪魔的な音声がギイギイ流れるんじゃないかと想像して、自分の指紋すら見るとぞっとした。

ジャケットには、宇宙をただようふたりの女の子のイラストと共に、英語のタイトルが書かれていた。その意味をたずねると、父はすこし照れくさそうに言った。

12
二〇〇一年愛のうた

「愛は地球を救う」

父のレコードプレーヤーは学生時代に使いこんだせいかこわれていて、ぼくはすぐにそのレコードを聴くことができなかった。機械をいじるのが好きな父は、ホームセンターで工具をたくさん買ってきて、それから二日ほどかけてレコードプレーヤーを直した。ぼくはそんな父を頼もしく思ったけれど、やっぱり自分はそうなれないというかなしみから、逃げることはできなかった。

そうしてレコードは、誇らしげな父とせつないぼくのあいだで優雅にまわりながら、あかるい未来のうたを奏ではじめた。

二〇〇一年、われわれ地球人はなんらかのきっかけでほんとうの愛を知る。すると、われわれの行く末を案じていた宇宙人たちから、いっせいに祝福をあびる。

「おお諸君、地球の諸君、すみからすみまでおめでとう。いよいよ諸君も宇宙の仲間に認められました」困惑するわれわれ地球人をよそに、宇宙人たちはつづける。

「諸君の歴史は愛の歴史といえるでしょう。愛をたずねるふしぎな旅を　重ね重ねて何千年　重ね重ねて何千年……」

あらゆる争いも、めぐりあいも、それまで愛と信じていたものもなにもかもが、ほんとうの愛に行き着くための旅だったというのだ。

ほんとうの愛を知った証《あかし》として、われわれは宇宙人たちの目の前で、愛という言葉を手放してみせる。地球じゅうすべての辞書から、愛という字を消してしまうのだ。

「ようやく諸君も気がつきましたね　愛することがあたりまえなら、愛という字はいらないことに」

そうして地球人も宇宙人も、ありとあらゆる生き物すべてが、ほんとうの愛でひとつになる。みんなが笑顔で、幸せいっぱいで、つらいこともかなしいこともなにもなくなる。

それはどんな世界だろう。だれもひとりにならないお祭りであり、パーティーであり、輪っかなんじゃないだろうか。

ぼくは二〇〇一年の未来に、きっとそんな光景に出会えると信じた。

だから幼稚園や小学校がつらくたって、セーラームーンが終わったって、さくちゃんに会えなくなったって、それを信じて乗りきった。

二〇〇一年になれば、きっとセーラームーンが帰ってくる。さくちゃんにもまた会える。学校だってたのしくなる。愛することがあたりまえの時代が、きっといまにくる。

しかし、実際の二〇〇一年はどうだったろう。

12

二〇〇一年愛のうた

あの日の夜、ブラウン管のまえで、とつぜん母に起こされたぼくは寝ぼけ眼《まなこ》のまま、猛スピードでビルにぶつかっていく飛行機の映像を観ていた。あんなにちいさなものが、たったふたつぶつかっただけで、それより何百倍もおおきなビルが木っ端微塵になってしまうなんてこと、一一歳のぼくにはちっとも想像がつかなかったし、それによってたくさんのひとがしぬということも、正確には捉えきれなかった。

それどころか、とつぜんニューヨークの空に現われた飛行機を、ぼくは半ば本気で宇宙船かも、なんて思っていた。とうとう宇宙人が、例の件で地球にやってきたのだ。いまにくるぞ、いまにくるぞ。まぬけな宇宙人がきっとくる。そして窓の割れた宇宙船からひょっこり顔をだして言うんだ。

「すみません、ちょっとぶつけちゃいました」

たくさんの人がしんだ。たくさんの人が涙を流した。

瓦礫から立ちのぼる黒煙はそのまま時代を飲み込み、あれから一六年経ったいまも地上を呪いつづけている。そのしたで、われわれの世界は今日も、おもしろいくらいわるいほうへ転がり落ちていっている。

当然、ほんとうの愛に行き着いた痕跡はどこにもない。父のレコードもプレイヤーも、いつのまにかどこかに消えてしまったし、ぼくだってあの家にはもういない。いまとなっては、テレビから聞こえる愛は地球を救うというフレーズも、とてもむなしく、軽薄に響いてくる。

こんなことになるまえに、われわれは愛で地球を救うべきだったんだ。

「思いだした。2001年愛の詩だよ」

そう返事をすると、さくちゃんは「ぐぐってみる」と言って、しばらくラインからいなくなった。ラッコが貝を採りに潜るみたいに。

「ほんとだ。〝この日がくるのを千年前から待っていたのです〟ってとこ、すごく覚えてる。ピンク・レディーのうただったんだね。マイナーなのかな」

え、そうだったんだ。ぼくも慌てて調べてみると、24時間テレビがはじまった年のテーマソングだったらしく、例のレコードは番組のイメージアルバムだった。

動画サイトではじめて当時の映像を観ることができたけど、やつれた若い女の子ふたりが、はりついたような笑顔で必死に歌い踊っている。華やかなステージングも寒々しく、中央にいる彼女たちはとっても孤独に見えた。いったい、どんな運命を生きる女の子たちなんだろう。

「さくちゃん、二〇〇一年ってどういう年だった？」

そうたずねると、さくちゃんはバサッと切り捨てるように言った。

「おぼえてないよ。興味もない」

ぼくもおぼえてないし興味もない。さくちゃんといた三歳や四歳の記憶のほうが大切だし、ずっと近くに感じられる。

だけどポケモンをクリアしたせいだろうか。なんだか以前よりもすこし、六歳より向こうの世界に対して、こころを開けている気がする。

ぼくはさくちゃんに内緒で、ほんのすこしだけあの年のことを思い返してみることにした。


二〇〇一年の年明けは、たしか家族四人でフィリピンで過ごした。

出発直前に、ホテルの付近の村でおおきなテロが起きて、ぼくは行きたくないと泣いて拒み、行きのバスでも、飛行機でも、着いてからもまだ泣いていた。

まちがっても自分の命が惜しかったわけじゃない。自分以外の家族がしんでしまうのがつらかった。自分の命に対する感覚は、ぼくは子どものころからちょっと遠かった。

生きているってことが、あまりピンとこない感じ。

フィリピンに行ったきっかけはなんだったんだろう。

小学五年生といえば、たしか秋頃からクラスでひどいいじめにあっていた。いつものおかま云々のやつで、とつぜん男の子たち、それも普段はおとなしめな子たちから、バイキンとして扱われるようになったのだ。

そのころ妹も、学校でいじめの標的になり、毎日浮かない顔をしていた。保育士に復帰したばかりだった母も、家事との両立でヘトヘトになっていたし、朝から晩まで働きづめの父も同じように疲れきっていて、お酒を飲むとピリピリすることがあった。だから南国にいきたいなんて、みんなでなんとなく思ったんじゃないだろうか。

フィリピンでの出来事は、ほとんど記憶にない。ホテルのプールが豪華だったことや、バナナケチャップの焼き鳥がおいしかったこと、スーパーで買ったチャームスのサワーキャンディーが宝石みたいできれいだったこと。それぐらいだ。

そして二〇〇一年をめぐる記憶は、フィリピン旅行から一気に九月一一日の夜に飛んでいる。あれだけ夢見ていた二〇〇一年を、現実の二〇〇一年を、ぼくはどう過ごしていたんだろう。

12
二〇〇一年愛のうた

翌日になっても、二〇〇一年のことが頭からはなれなかったぼくは、スマホに「2001年愛の詩」をつっこんで、延々とループさせながら図書館へ向かった。そして当時のことが少しでもわかる本を探そうとしたけれど、いったいどこの棚を見ればいいのか見当もつかなかった。

テーブル席では受験生たちが、針みたいなペン先でカリカリとノートを引っ掻いている。なんだかいっせいに蟹が歩いているみたいでぞわぞわする。

やっとのことで、街の歴史が書かれた図鑑のなかに二〇〇一年を見つけることができたけれど、「千と千尋の神隠し」が公開されたとか、テロが起きた瞬間の写真とか、そういうのしか載ってなかった。

ぼくは世界の出来事なんてもうたくさんだ。ふるいレコードがうたった、メルヘンな理想郷としての未来もこりごりだ。

ぼくの二〇〇一年、ぼくだけの一一歳の日々が知りたい。どうしてかはわからないけど、胸の奥のほうから、猛烈にそう思うのだ。さくちゃんにはなんか悪い気がするけれど。

それから駅前ではなまるうどんをたべて、はるばる高円寺まで自転車を走らせた。部屋にまだ残っている九〇年代のバースデーバービーや、ウェディングピーチの人形を、顔なじみのおもちゃ屋さんに買い取ってもらえないか交渉するためだ。

するとおもちゃ屋さんの横に、あたらしい古着屋さんができていた。たしか以前はべつの古着屋さんだったところだ。ウインドウ越しに覗くと、女の人向けの古着屋さんで、外から見ただけでも素敵な雰囲気のお店だった。

コレクション棚をかざるためのアンティークレースが、まだ部屋にたくさんあったことを思い出したぼくは、やっぱり買い取ってもらえないかたずねるために、お店のなかに入ってみることにした。でもそれは言い訳で、この期に及んで、なにかときめくものに触れたかっただけかもしれない。

狭い店内にはだれもお客さんがいなかった。小声でささやくような音楽が流れていて、ぼくが女の子だったらきっとこういうのを着ただろうな、というような七〇年代のヨーロッパのワンピースや、繊細なレースのほどこされた付け襟が並んでいた。アクセサリーの棚には、樹脂でかためられた花のペンダントや、ハートのちいさなロケット、オルゴールつきの宝石箱、ぼくの好きなもの、わっとおおきな声を出したらすぐに音を立てて消えてしまいそうなものが控えめにならべられていた。天井には、品のいいシャンデリアがひとつぶらさがっている。

いいぞ、とってもいい。ぼくはごくりとつばを飲んだ。

すると、雰囲気の統一された店のなかに、ひとつだけ異質なものがあるのに気がついた。飾り用のミニソファーのうえに置かれた、いくつかのぬいぐるみのなかで、とても目立っている極彩色のぬいぐるみ。でっかいリボンに、特徴的なおおきな瞳を持った、パワーパフガールズだ。パワーパフガールズの、ブロッサムのぬいぐるみだ。

頭のなかでパーンと音がする。

「すみません、これって売り物ですか?」

レジにいた店員さんにたずねると、その人は申し訳なさそうに「すみません、それ売れないんです」と言った。たぶんぼくと同じくらいの年齢で、三つ編みをぐるっと輪っかにさせて、薄汚れたナイキのキャップみたいなものをかぶっている。顔だけみるとやんちゃな感じなのに、ヴィンテージのワンピースとの組み合わせがすごく上品で、大人びて見えた。

「たしかに売り物として入荷したんですけど、この子お洋服を着てないんです。だから売るのは申し訳なくって」

ぬいぐるみの山からつまみあげてみると、たしかにブロッサムは下着姿だった。だけど、ぬいぐるみ自体の状態はすごくいい。毛羽立ってもいないし、まっしろなタイツも、合皮のお靴もきちんと履いている。

「もしかしてコレクターさんですか？　だったらきちんとしたヴィンテージのおもちゃ屋さんあたったほうがいいかもしれないです。ここらへんたくさんあるし」

「いいえ、コレクターってほどじゃないんですけど、すごくいま必要なものって感じがするんです」

だらだら汗まで流しはじめたぼくの様子を、店員さんは不審そうにじっと見ながら言った。「じゃあ、わかりました。一〇〇〇円でよければ」

ぼくはほっとため息をついた。「ありがとうございます」

「でもこのまま売るのは私、なんか申し訳ないんで、もしよかったらお洋服を作ってあげてもいいですか？　一応、パタンナーもやってるんで、おかしなことにはならないと思うんですけど……。布も、端切れで十分できるだろうし」

「え、いいんですか？」

ぼくは目ん玉が飛び出しそうだった。そんなに親切なことってあるだろうか。

「いいんです。私の勝手なので」

そう言いながら、店員さんはレジの奥に置かれたミシン台に、ブロッサムをそっと横たえさせた。まわりにはさまざまな柄の端切れや、縫い途中のクッションが置かれている。

「この子、オーナーも仕入れた記憶がないとか言うんですよ。なんでかうちに来て、一年くらい裸んぼのままここに転がってたんです。でも、なんか倉庫にしまっておく気にもなれなくて。そっか、おまえ、今日のためにここへきたのね」

店員さんは、そう言いながらブロッサムの頭をやさしく撫でた。ものを愛する人の手つきだった。聞くと店員さんは、レースとビーズのコレクターだそうだ。

一週間後に取りにくる約束をして店を出て、ぼくは予定通りおもちゃ屋へ向かった。だけど、頭がぽーっとして、どこへ向かって歩いているのかわからなくなりそうだった。そしてパワーパフガールズのことばかりが、元気な蜂みたく頭のなかを旋回している。そうじゃん、パワーパフじゃん。ぼくの二〇〇一年は、パワーパフガールズだったじゃん。

「お砂糖、スパイス、すてきなものをいっぱい。全部まぜるとむっちゃかわいい女の子ができる……はずだった。だけどユートニウム博士は、まちがって余計なものも入れちゃった。それは、ケミカルX。

そして生まれた超強力三人娘、スーパーパワーでわるいやつらをやっつける。ブロッサム、バブルス、バターカップ。つよくてかわいい正義の味方、みんなのアイドル、パワーパフガールズ！」

彼女たちは、世界じゅうでいちばんちいさな三人組のスーパーヒーローだ。電話が鳴ったら街へ飛んでいって、脳みその飛び出たわるいサルや悪魔、暴れるかいじゅうをコテンパンにやっつける。男のヒーローにバカにされたって、へっちゃらでパンチをかましちゃう。

思い出した。パワーパフに出会ったのは、まさに年明けのフィリピン旅行でのことだった。

ぼくはホテルのテレビで偶然カートゥーンネットワークを見て、ちょうど放送されていたパワーパフのデザインの大胆さ、自由さ、のびのびと洗練された背景美術のすべてにショックを受けた。自分はなんてせまいところにいるんだろう、と思い知らされるような衝撃だった。なにより、ガールズのキャラクターがとっても魅力的だった。とくに女の子らしく振る舞うことに抵抗するバターカップが大好きだった。

ファンシーな見かけとちがい、ブラックユーモアたっぷりの内容だったせいか、一緒に観ていた父もビールを片手に笑っていた。それはぼくにとって、天変地異とおなじような出来事だった。うそ、パパがぼくと同じもの観て笑ってる。

ホテルのそばにあったデパートには、パワーパフのグッズが大々的に展開されていた。そのキュートでカラフルなグッズの数々に、ぼくはまたしても衝撃を受けた。繊細で、まともにあそぼうとするとすぐに壊れたり、傷ができてしまうセーラームーンのおもちゃとはぜんぜんちがう。とにかく大胆で、エネルギーに満ちていて、たのしそうだ。うつくしいからとか、きれいだからとかじゃなく、たのしそうだからほしいって思える。そのことが、ぼくにとっては新鮮だった。

隣では、妹がひたすらえーでかい、アメリカでかい、と繰り返している。そう、でかいとこで、のびのび生きている人たちのつくったものって感じだったんだ。すくなくとも、一一歳と八歳のぼくたちにとっては。

ぼくたちはじっくり売り場を吟味して、ふたりでおそろいのコップとメモ帳を母に買ってもらった。ラメ入りのピンクのプラスチックのうえに、パステルカラーの虹をすべるブロッサムのフィギュアがくっついている。これでプールサイドで、マンゴージュースなんて飲んだらどんなにいいか。妹はメモ帳に早速フィリピンの日記をつけるとはしゃいでいる。

観光やなにかの記憶なんて、なくて当然だった。ぼくはフィリピンにいるあいだじゅう、パワーパフのことを考え、パワーパフの放送をたのしみ、パワーパフのグッズをむさぼっていたのだから。

あっという間に帰国してからは、もしかしたらもう二度とパワーパフを見ることはできないかもしれないというかなしみに、ちいさく打ちひしがれていた。

あんなに広くて、自由で、かわいいものを知ったぼくが、じめじめする教室のなかで、ただ男の子たちのいじめに耐えているなんてことが、到底できるとは思えない。冬休みが終わるのがほんとにこわい。学校なんて行きたくない。

ところが三学期がはじまって数日後に、夕飯をたべながらなんとなくつけていたテレビで、見覚えのある映像が突如として流れてきたのだった。お砂糖、スパイス、すてきなものいっぱい……。

あのときのことは、いま思い返しても胸がいっぱいになる。ぼくの人生に、あんなにすばらしい偶然は、もう二度とおとずれはしないだろう。

二〇〇一年一月一〇日、パワーパフガールズの日本での放送がはじまったのだ。

13 ただいま、世界じゅうのみなさん

地上波での放送がはじまったころ、パワーパフはすでにケーブルテレビやホビー誌のコラムを通じて、知るひとぞ知るキャラクターになっていた。インターネットにはコアなファンのつくったホームページがいくつかあって、ぼくは分厚いノートパソコンのぐずぐずした動作にやきもきしながら、毎日夢中になって情報をあつめた。

その結果、東京の雑貨屋に行けば、日本にいてもパワーパフのグッズが買えることがわかった。銀座のワーナー・ブラザース・スタジオ・ストアに、原宿のカニバルズ、ブリスター、キディランド。そして渋谷のまんがの森に、ザ・コミックスに、新宿のトライソフト。

それは一一歳のぼくにとって、東京にはアメリカがあります、と言われているも同然だった。東京って、東京って、すごいんだ。

なのにぼくは、毎日狭い教室に閉じ込められて、ちまちま息を吸いながら、天罰みたく算数やってる。

そういう状況に、ぼくだけじゃなく、家族全員が耐えられなくなっていたのだと思う。ぼくたち家族はやがて、時間を見つけては車で東京に出かけていって、パワーパフのグッズを探すようになった。もちろんそれは表向きの理由で、ぼく以外のみんなにとっては外食をしたり、犬を歩かせたり、ほかの買い物をする時間のほうが大切だったにちがいない。しかしあのころ家族が、とくに家事負担の多い母が日常から抜け出すには、へんてこな口実が必要だったのだ。

パワーパフは、東京は、ふだんの生活にもどったぼくたち家族にとって、南国から垂れてきた救いの糸みたいなものだったのかもしれない。

はじめに行ったのは、銀座のワーナー・ブラザース・スタジオ・ストアだった。ひとつのビルまるごとがショップになっていて、広い店内のそこかしこにトムとジェリーやトゥイーティーのスタチューがかざられている。軽快な音楽がつねに流れ、まるでテーマパークみたいな雰囲気だった。

パワーパフのグッズは、二階のメインの棚いっぱいに並べられていた。ワーナー製のグッズは、当時いろいろなおもちゃ会社から出ていたグッズのなかで、ぼくのいちばんのお気に入りだった。うすいピンクとパープルを基調にしたパッケージと、ぜんぜん似てないぬいぐるみ。パステルカラーの陶器製フィギュア。

はじめて売り場を見たときのよろこびは、うれしくて、信じられなくて、直視するのがこわいくらいだった。あの日フィリピンで感じたアメリカが、そのまま目の前に展開されていたんだもの。ぼくが惑っているあいだにも、パワーパフのグッズは飛ぶように売れていく。焦りながら、ぼくはおなじようにパワーパフを好きなひとたちの顔を横目でこっそり見ていた。みんなもやってられないのかな。ふだんは算数やってるのかな。

その日買ってもらったのは、ブロッサムのマスコットキーホルダーと、ハート型のピカピカしたマウスパッド、そして小ぶりな缶ケースだった。妹はたしか、ぼく以上にじっくり吟味して、ガールズの刺繡《ししゅう》されたチューリップハットを買ってもらっていた。

パワーパフのグッズは、いつもアメリカの匂いがした。日本のものからはしない、かぐわしくて、広い感じのする匂いだった。その匂いを肺いっぱいに吸いこむと、どこかとおいところへトリップして、日常を軽んじることができた。なにもかもどうでもいい、くだらないことだって思えた。

東京であそんだ帰りの車は、いつもさみしかった。煌めく東京、昼よりもずっといきいきしだした夜の街を縫うように走りながら、なにもない、真っ平らな地元の街へ帰っていかなくてはならない。しかし、運転する父の背中を、うとうとしながら見ているのは好きだった。普段目にするどんな姿よりも、なぜかたのもしく感じられたから。母は助手席でガーガー寝息を立てていて、妹はぼくの隣で、当時まだ赤ちゃんだったトイプードルのジュディといっしょにまるくなっている。

一瞬だけねむってしまっていたぼくは、もうぜったいにねないぞ、と決意をして、だんだんとさびれる景色とともに、消えていく日曜日を噛み締める。

すると、ぼくが目を覚ましたことに気がついた父が「裕一郎、ねむってていいぞ」と言ってくれる。ぼくはもうねないよ、とだけ答えて、日曜日といっしょに、命まで冷えていくようなさみしさを味わう。まるでながれる彗星が、どんどん削れながら、光を失っていくみたいに。

パワーパフが与えてくれたのは家族との時間だけではなかった。

春になって六年生になると、クラスのなかでも、じわじわとパワーパフが流行りはじめたのだ。

おかげで、ぼくははじめて学校で、友だちといっていい友だちができた。バターカッ

ただいま、世界じゅうのみなさん

プみたいにボーイッシュで背の高い楓《かえで》と、温厚でリーダーシップのある、つるちゃんという男の子。そしてお父さんの出張で転入してきたハリー・パスカスという女の子だ。

ぼくたち四人は休み時間になるたびに、夢中でパワーパフの話をした。ハリーはほとんど日本語が話せなかったし、ぼくたちも英語が話せなかったけれど、身ぶり手ぶりでなんだって通じたし、通じなくたってよかった。そして三人は、ぼくが男の子たちからいじめられていると、かならず守ってくれた。楓はいきがる彼らを次々とプロレス技でやっつけ、つるちゃんはそれを援護し、ハリーはぼくをかばうように立って、ぴっと彼らに向かって中指を立ててくれていた。ぼくは守られるということを通じて、それまで自分がされていたことの酷さを、ぼんやりと悟ったりしていた。

放課後はぼくの家で、パワーパフのおもちゃであそびながら、パワーパフのビデオを見ることが多かった。母は、ぼくがはじめて連れてきた友だちに、毎回手のこんだ焼き菓子を振る舞った。ぼくはそれが、いつもちょっぴり照れくさかった。

楓やつるちゃんの家で、マリオのゲームをさせてもらったこともある。校庭で汗だくになってドロケイをしたこともある。ぼくにはやっぱり理解不能なあそびだったけれど、一緒にいられるだけでたのしかった。毎日が手放しでたのしかった。おまけに、日曜日になれば東京に行ける。

あざやかな六年生の日々は、当時のぼくにとってけっして当たり前ではなかった。とくべつな、スペシャルな日常を生きていると、毎日毎日、朝になるたびに思った。二〇〇一年、ぼくはパワーパフのおかげで、六歳から止まっていた時間をふりきり、ただしい時間の流れを生きることができていた。思えば、あれはぼくにとっていまを生きる最後のチャンスだったのかもしれない。

ところが、すばらしい一年はあっというまに終わってしまった。

きっかけは九月にニューヨークで起きたテロだった。

あの日を境に、どんどん憎悪へと振り切れていったアメリカと世界の空気を、父は毎日嘆いていた。そして、それまでただ笑って観ていたパワーパフに、疑問を投げかけるようになった。

「裕一郎、もし悪いやつがいたとして、なぐって殺して、それでおわりでいいと思うか？」

父の目は血走っていた。かなしそうにも、怒っているようにも見えた。

ブラウン管のなかでは、サルのモジョ・ジョジョが脳みそをぶちまけて倒れている。悪魔のヒムや、モンスターのファジー・ラムキンズも同様だ。くたばったヴィランズが折り重なったてっぺんには、ちいさなガールズが誇らしげに立っている。

ガールズが悪いんじゃない、ただ、われわれは、パワーパフすらしゃれにならない世界に来てしまったのだ。あるいは、はじめから暴力をおもちゃにする資格なんてなかったのだ。


冬のはじまりになると、妹は進学塾に通いはじめた。母はそれにつきっきりになり、休日になっても東京なんかへ遊びに行こうとは言わなくなった。いま思えば、地域や小学校の煮詰まった人間関係や構図から、なんとか妹を逃がしてやろうと、母なりに必死だったのだと思う。しかし、だからこそ妹はつらそうだった。

地上波でのパワーパフの放送はクリスマスのまえに終わり、次の年の春からぼくは中学生になった。あまり語りたくないけれど、ぼくにとって地獄の思春期、そして中学時代だ。

楓は進学校に進み、お父さんが自衛隊だったハリーはアメリカに帰り、つるちゃんはだれにもなにも言わず、とつぜん学校へこなくなった。もうだれもぼくとはあそんでくれなかったし、守ってもらえることもない。あらゆる矢は好きなだけぼくに降り注いだ。

二〇〇二年の夏にはガールズが街じゅうを走り回ってめちゃくちゃにするという映画

が公開されたけれど、やはりニューヨークでのテロを連想させるという理由で、ろくな批評をされていなかった。興行収入もあまりよくなかったはずだ。

それから雪崩のようにワーナー・ブラザース・スタジオ・ストアが閉店し、原宿や渋谷にあった雑貨屋も次々とつぶれ、グッズが手に入りにくくなった。ライセンスをとったいくつかの日本企業がグッズを出すようにはなっていたけれど、ぼくにとってそれらはちっとも魅力的ではなかった。だって、アメリカの匂いがしないんだもの。

煙のように消えてしまった一一歳の日々に戸惑いながら、ぼくはひとりも友だちのいない教室で、どんどん変化していく肉体をただ持て余していた。よりによって、ぼくは声変わりをするのが学年で一番早かった。

子どもの時代がおわる。なにひとつ満足できないまま、身体ばかりがおとなになっていく。

まるでこころと身体が、見えないなにかによってどんどん引き剝がされていくような日々だった。距離は無限に開いていくばかりという気がしたし、実際にそうなった。

そしてある日、ぼくはあんなに夢中になってあつめたパワーパフのグッズを、ゴミ袋いっぱいにまとめて捨てた。なんの感慨もなく、感情なんてすこしもないみたいな顔をして。

あのとき、ぼくはいまという時間と完全に決別したのだと思う。それはすなわち、肉体との決別でもあったはずだ。

こころをうしなった肉体は、幽霊のように子ども時代をさまよいつづけ、一五年後の未来になって、とうとう消え去ろうとしている。

13
ただいま、世界じゅうのみなさん

翌日、ぼくはジリジリと焼けつくような太陽のしたを、原宿に向かって走っていた。捨ててしまったいまが、原宿にならあるかもしれない。

首都高に覆われた薄暗い甲州街道をまっすぐに進み、山手通りにぶつかったらそれて、ぐわんと湾曲した道を波にしがみつく海賊船みたいに進んでいく。富ヶ谷に出たら、井の頭通りの坂を一気にのぼり、代々木公園の、人の匂いのしすぎる緑に飛びこんだ。

木漏れ日のなか、いくつもの光のつぶを身体に受けながら、ぼくの身体は本当に一一歳に、そして二〇〇一年に帰っていくようだった。

ところが、汗だくになって辿り着いた竹下通りには、あのころ通っていた雑貨屋なんてひとつもなくなっていた。いちばん好きだったカニバルズの跡地もはっきりとは思いだせず、ぼくは高校生や外国人観光客でにぎわう竹下通りで、なにもかもが白昼夢みたいな気分を味わった。単に熱中症だっただけかもしれないけど。

なんとなく目に入った雑貨屋に入ってみると、割高なマイリトルポニーやバービーの雑貨に混ざって、すこしだけパワーパフのグッズも売られていた。ステッカーに、トレーディングカードに、ブート品のキーホルダー。

どれも埃をかぶっている。


ぼくは吐きだされるように竹下通りをあとにして、キディランドへ向かった。

キディランドにも、当時はパワーパフのグッズがたくさん売られていた。一階のいちばん目立つコーナーにところ狭しと並べられていて、都内のどのお店よりも華やかな雰囲気だった。しかしいまはその場所に、ふなっしーが並んでいる。なんとサインまである。

ぼくは店に入ろうともしなかった。

そのまま歩いて渋谷にも行ってみたけれど、ブリスターも、まんがの森も、ザ・コミックスもどこにもなかった。わかってはいたけれど、結構堪える。

路地裏で自販機の水を飲みながら、新宿のトライソフトについて調べてみると、お店はとっくに閉じていて、店長さんも一〇年ほどまえに亡くなったという情報が出てきた。

当時、新宿はこわいところだと母が言うので、お店に足を運んだことはなかった。代わりに一度だけ、電話で通販を頼んだことがあったのだ。

パワーパフでしたら、ビデオとアメコミの取り扱いがありますよ、と店長さんは教えてくれて、どういうのがあるか聞きたいのだけれど、まだローマ字すら習っていなかったぼくにはうまく説明ができない。

「髪の黄色い子が、にいって歯を出して怒ってて、パンチしてる絵のやつありますか」

「紫いろの背景のなかで、ガールズがこわがった顔をしてるコミックありますか」

わかりづらいことをぐしゃぐしゃと言っていただけなのに、お兄さんは的確にそれらを揃え、きれいに包装をして送ってくれた。おまけにトレーディングカードまでつけて。

あのときぼくは、たったひとりで広い東京と、アメリカとやりあった、っていう感慨でいっぱいだった。

新品のビデオとアメコミからは、やっぱりアメリカの匂いがした。東京の匂いも。だけど、あのとき買ったビデオもアメコミも、それからお店も、やさしかったお兄さんもどこにもいない。ぼくもいない。

街は痛むことなく、あたらしい景色、あたらしい人波を受け入れている。あのときあったもの、売られていたもの、それを買っていたひとたちの気持ちはどこへ行ったのだろう。あれだけ結びついていた友だち、家族との時間は、どうして消えてしまったのだろう。

いまはすぐに流れて消える。フォーエバー21にだって永遠はない。


ぼくは神宮前の交差点脇に停めてあった自転車にまたがると、もうひとつ特別な場所に向かって走りはじめた。お台場だ。

お台場も、ぼくにとっては一一歳を象徴する場所だ。原宿や銀座であそんだあとは、はやめの夕食を月島でとって、お台場の海岸を散歩するのが決まりだった。

あの頃、銀色に光るお台場は近未来の要塞《ようさい》のようだった。これからもっともっと、見たこともないような流線型の建物が作られて、SF映画みたいな都市ができあがるんじゃないか。海はもっときれいになって、赤や青にもなっちゃうんじゃないか。チカチカ点滅するフジテレビの球体を見上げながら、いつもそう思った。ぼくにとって唯一、未来を信じられるところだった。

しかし一五年ぶりにたどり着いたお台場は、渋谷や原宿とちがって、まったくと言っていいほどなにも変わっていなかった。なにも変わらないまま、抜け殻のようになにかを失いかけていた。

ただいま、世界じゅうのみなさん

砂浜には黄昏れるカップルがたくさんいて、当時のぼくたちみたいに、犬を連れて歩く家族連れもいる。フジテレビは相変わらずおおきいし、ショッピングモールも充実している感じだ。自由の女神像のまわりには、記念撮影をする旅行者であふれている。けれど、なにか理想形になりそこねた、街というものになりそこねたままほろんでいく都市の、人々の夢の気配が、そこらじゅうに漂っているのだ。

すぐに浜辺に入っていく勇気がなくて、ぼくは科学館やビッグサイトのある方にまで足を伸ばしてみた。平日のせいか人通りもなく、車さえろくに通ってはいない。裂けたコンクリートからは草が飛びだしていて、まるで抜け殻になってしまった街のかなしみをそっとなぐさめながら、あるべき形へ還そうとしているようだった。その隣では、すずめがひとりしんでいる。

浜辺に戻ると、あのころよくコーラを買ってもらっていた売店がまだ残っていた。ネオンもなにも変わっていない。

朝からなにもたべていなかったぼくは、コーラと、ついでに五〇〇円のフライドチキンを買って、砂浜に腰掛けて黙々とたべた。

そして、広い砂浜をたのしそうに駆け回っていたジュディのことを、もうどこにもいないジュディのことを、しずかに思いだしていた。

「二〇〇一年のことを思い出したよ」

めぐるに電話をかけると、徹夜明けの彼女は寝ぼけた声で言った。

「なに、今度はどうしたの」

ぼくはピンク・レディーの歌のこと、古着屋で出会ったブロッサムのぬいぐるみのこと、そして一一歳のころの出来事をかいつまんで話した。すべてをゴミ袋に詰めて捨てたことも。

「それで今日は、一日じゅう二〇〇一年を捜してたんだ。けど、もうどこにもなかった。二〇〇一年は終わったんだ。ぼくが自分で捨てたんだ」

「そっか。でもさあ、ぎゅっとしすぎて見えなくなっちゃうことってあるよね。ゆうちゃん、ほんとに二〇〇一年が大切だったんだね。捨てたふりなんかしちゃってさ」

うん、と答えた声が、みっともなく揺れていた。慌ててコーラを飲み込んで、センチメンタルを押し流してみる。

目の前にはすばらしい東京湾の夕焼けがあった。白いマルチーズが、得体のしれない泡の浮かんだ東京湾に飛びこんで、たのしそうに尻尾を振っている。

旅のおわりに、ぼくは銀座へ寄ってみることにした。ワーナー・ブラザース・スタジオ・ストアの跡地を見るためだ。

ワーナー・ブラザース・スタジオ・ストアは、巨大なアップルストアになっていた。まっしろな食べかけのりんごが、ぼくに警告するように光っている。ここまでくると、罪とか罰とか、なにか意味を見出すのもばからしかった。あまりにもできすぎているんだもの。

ぼくは勇気をだして、すれ違ったよそいきの熟年夫婦に撮影を頼んだ。

「ご旅行ですか?」

奥さんのほうにそうたずねられて、手ぶらでボロ着のぼくはちょっと戸惑った。

「いえ、でもちょっと思い出があって」

「あら。そうですか」

旦那さんのほうは、はやく終わらせろとばかりに、奥さんのうしろでむずかしい顔をしている。

「はい、では撮りますよ。さん、に、いち」

はげしいフラッシュに、ぼくの全身がつつまれていく。まるでお迎えの光だ。

そっか。これでおしまいか。

ふうーっと肩の力が抜けていく。なんだか不思議な気分だった。

できることならこの光に乗って、ぼくは一一歳に帰りたい。あのころのワーナー・ブラザース・スタジオ・ストアに帰りたい。

そして母に会いたい。父に会いたい。妹に、ジュディに会いたい。楓に、つるちゃんに、ハリーに会いたい。いじめっ子たちにも会いたい。

だけど、光の余韻がほどけ、熟年夫婦が立ち去ったあとも、アップルストアはアップルストアのままだったし、ぼくは二六歳の、それなりに若さを失いつつある青年だった。

翌朝目がさめると、昨日あれだけ走ったというのに、全身が妙に軽かった。とうとう消えちゃったのかなって思うくらい。

なんかへんだ。

アイスコーヒーを飲んで、窓を開けると、外は快晴だった。

ぼくは部屋の空気を入れかえつつ、オーナーに来月のシフトの確認の電話をして、ついでに軽く掃除をしてから、高円寺の古着屋へ向かうことにした。約束まではまだすこし日があるけれど、途中のままでも見ておきたかった。

古着屋に着き、ショーウインドウから中を覗くと、店員のお姉さんがぼくに手招きをしていた。ぼくは軽く会釈をして、なかへ入っていく。

「よかった、ちょうどさっき出来上がったんですよ。例のぬいぐるみのお洋服」

レジ台のうえには、まあたらしいピンクの、おなじみの黒いラインのはいったワンピースを着たブロッサムが、ふんわりしたリボンにつつまれて置かれていた。薄暗い店内なのに、ショーウインドウから光が差しこんで、ちょうどよくレジ台のまわりを照らしている。

「わあ、すごくすてきです」

そう言うと、お姉さんはにっこりと歯を見せて笑った。

「よかったあ。近所のおもちゃ屋さんに聞きに行ったりして、素材とかも似せてみたんですよ」

「すごくかわいいです。ありがとうございます」

するとお姉さんが言った。

「見つけてくれてありがとう」

「え?」

ぼくが戸惑っていると、お姉さんは照れくさそうに繰り返した。

「見つけてくれてありがとう。この子が言うんです」

「ブロッサムが?」

見つけてくれてありがとう。見つけてくれてありがとう。

「見つけてくれてありがとう」

ぼくも口に出してみた。

とたんに涙があふれてきた。

わからない、たしかなことは言えないけれど、あれはぼく自身の声だったのかもしれない。一一歳のぼくが、時空をつんざくような声でさけんでいるのだ。

「見つけてくれてありがとう」

13

ただいま、世界じゅうのみなさん

彼のうしろには、二〇〇一年が広がっている。世界一しあわせだった、ぼくだけの一年間の思い出が、パノラマ写真みたいに広がっている。そして彼は、ぼくに向かっておおきく手を振る。

「見つけてくれてありがとう」

ぼくはそれを、はっきりと正面から捉えている。

「いいえ、こちらこそ！」

いまにして思えば、もっとベストな返しがあったかも。

店を出ると、いままで感じたことがないくらいお腹が空いていた。ぼくはお姉さんの教えてくれた、ピンクのチャーハンがあるという中華屋に向かって歩きながら、めぐるに電話をかけた。

「なに……もしもし……」

めぐるはまたしても寝ぼけていた。

「ごめんめぐる。突然だけど、ぼく透明になるのやめるよ」

「えーっ、どうしちゃったのあーた」

「へんだよね。なんかとつぜんどうでもよくなっちゃったんだ」

「えー、そっかあ。見たかったけどなあ、スケルトンゆうちゃん」

思えば、めぐるにはたくさんの迷惑をかけてしまった。重いカメラを抱えて、あっちへいったり、こっちへいったり。

「ま、生きてればそういうこともあるっしょ。しゃーないしゃーない」

めぐるはさらりとそう言って、鼻をチーンとかんだ。

「ごめんね、めぐる」

ぼくはこころから謝った。

「べつにいいよ。てかそうだ、あたしからもいっこ報告あるんだ」

「なに？」ちょっと不安になりながらたずねると、めぐるはひひひと笑って言った。

「ここんところ、内緒であんたのアルバム作ってたんだけどさ、いままで撮った写真を改めて見てみたら、べつにどこも透き通ってないの。どれもあんた。不透明度一〇〇パーセントのあんた。つまりね、あんたまちがいなく、どの瞬間もここにいたんだよ。消えたくたっていたんだよ」

ぼくは一瞬、めぐるがなにを言ったのかわからなかった。

「えっじゃあ透き通って見えたのはなんだったんだろう」

「あたしの早とちりだったみたい。あは、ごめんね！」

13
ただいま、世界じゅうのみなさん

めぐるは、なにやらとてもうれしそうだった。

「さて、あーたのこれからのご予定は？」

「とりあえずピンクのチャーハンをたべるよ。それから部屋の掃除をして、売っちゃったおもちゃを集めなおす。だって、ぼくの部屋に余計なものがないなんて、ばっかみたいでしょう」

「あはは、最高！」

めぐるはそう笑ってから、最後に言った。

「おかえり、ゆうちゃん！」

ただいま、めぐる。ただいま、ブロッサム。

そして世界じゅうのみなさん。


ランチ営業がはじまったばかりの中華屋さんには、まだほかにお客さんがいなかった。おおきなテーブル席には、お店の家族がそろっていて、まんなかで若いお嫁さんが赤ちゃんに授乳をしている。

椅子に腰掛けようとしたぼくがうっかりおおきな音を立てると、家族じゅうがぎろっとこちらを睨みつけた。思わず冷や汗をかく。悪気はなかったんです。ごめんなさい、と顔で示してみたりする。

チャーハンは不気味なほどピンクで、だけどなつかしい味がした。どこかでたべたことのある味だった。今度またお姉さんのお店に行って、チャーハンの感想を言おう。ついでにお茶でもしませんかって言ってみよう。

デザートの杏仁豆腐をつついていると、さくちゃんからメッセージがきていた。

「ゆうくん、お兄ちゃんに子どもが生まれたっていうから、昨日仕方なく見てきたよ。一〇年ぶりにしゃべっちゃった」

ぼくはびっくりしてすぐに返事をした。

「どうだった?」

「すごい疲れた。もうしばらく会わなくていいやって思う。でもね」

さくちゃんは続けた。

「お兄ちゃんもお母さんも、すごくたいせつそうに赤ちゃんを抱っこしてたんだ。それを見てたら、ぼくだってむかしは、こうやって愛されてたんだって思えたよ。なんとなくだけどね」

視界のすみでは、さっきまでおっぱいを飲んでいた赤ちゃんが、すやすやと寝息をたてている。

サービスの烏龍茶を飲み干すと、忍び足でレジに向かい、むすっとしたお店のおばさんにおいしかったですと伝えた。おばさんは張り付いた笑顔のまま「そうですか」と答えた。ほかの家族もしらーっとしている。

ぼくはめげそうになりながらお釣りを受け取り、入り口に向かって歩きだした。そして汗だくの背中で、生まれてきた子どもを祝福した。

本書は「cakes」にて二〇一七年一二月〜二〇一八年七月に連載されました。書籍化にあたり、書き下ろしを加えました。

少年アヤ
しょうねん・あや

1989年生まれ。エッセイスト。
自らのセクシュアリティや家族について書いた文章が、広く共感を得る。
著書に『尼のような子』(祥伝社)、『少年アヤちゃん焦心日記』(河出書房新社)、
『果てしのない世界め』(平凡社)がある。

ぼくは本当にいるのさ

2018年9月20日　初版印刷
2018年9月30日　初版発行

著者／少年アヤ

発行者／小野寺優
発行所／株式会社河出書房新社
〒151-0051　東京都渋谷区千駄ヶ谷2-32-2
電話03-3404-1201(営業)　03-3404-8611(編集)
http://www.kawade.co.jp/

組版／KAWADE DTP WORKS
印刷・製本／株式会社暁印刷

Printed in Japan　ISBN978-4-309-02727-2
落丁本・乱丁本はお取り替えいたします。

河出書房新社の単行本

少年アヤちゃん焦心日記

少年アヤ

岸本佐知子氏絶賛！

世界の欲望と不幸を一身に背負い、〈おかま〉と呼ばれた少年が、自分を見つめ、内なる〈男の子〉を解放するまでの３６５日。熱狂的人気を得たウェブ日記連載を、完全書籍化。